아마도
아스파라거스

아마도 아스파라거스

펴낸날 | 2016년 7월 15일 초판 1쇄

지은이 황경신
디자인 niceage
펴낸이 이태권
펴낸곳 (주)태일소담
　　　　 서울특별시 성북구 성북로8길 29 (우)02834
　　　　 전화 745-8566~7　팩스 747-3238
　　　　 e-mail sodam@dreamsodam.co.kr
　　　　 등록번호 제2-42호(1979년 11월 14일)
　　　　 홈페이지 www.dreamsodam.co.kr

ISBN 978-89-7381-791-7 03810

이 도서의 국립중앙도서관 출판시도서목록(CIP)은 서지정보유통지원시스템 홈페이지
(http://seoji.nl.go.kr)와 국가자료공동목록시스템(http://www.nl.go.kr/kolisnet)에서
이용하실 수 있습니다.(CIP제어번호: CIP2016015729)

- 책값은 뒤표지에 있습니다.
- 잘못된 책은 구입하신 곳에서 교환해드립니다.

아마도
아스파라
19 true
stories &
innocent lies
거스

황경신 지음

목차

흐려지는 것도 추억입니까
지워지는 것도 사랑입니까
날아가는 것도 꿈입니까
잡을 수 없는 것도 삶의 흔적입니까

온종일 그대로부터 달아날 궁리만 하던 그때는
가도가도 깊은 사막인 줄 알았습니다
기억들 알알이 흩어진 지금
나는 더 깊은 사막 속에 묻혀 있습니다

당신은
재즈처럼

●

혹시 그녀는 그림을 그리는 사람이었을까.

당신의 사무실에 걸려 있는 그림을 보면서 나는 생각한다. 봉오리가 크고 화려한 꽃 한 송이가 검은 배경 위에 불쑥 떠오르듯 솟아 있다. 오만하고 도발적이고 동시에 쓸쓸하다. 그림 뒤편의 화가 역시 오만하고 도발적인 표정으로 나를 바라보고 있을지도 모른다. 네가 궁금해하는 것을 알려줄 수 없다고 속삭이면서.

내가 그림을 빤히 바라보고 있는데도, 당신은 별다른 말을 하지 않는다. 그림이 마음에 드느냐고 묻지도 않고, 어떤 경로로 가지게 된 그림인지 설명해주지도 않는다. 누가 그린 거예요, 라는 말을 꾹 참고 나는 가까스로 시선을 돌린다. 그러나 이미 나를 사로잡아버린 한 가지 생각에서 벗어날 수가 없다.

이 사람인가요. 당신이 예전에 사랑했던 여자가.

어쩌면 그녀는 그 그림을 그린 사람이 아니라, 그것을 선물한 사람일지도 모른다. 며칠 후 나는 도시의 외곽에 있는 갤러리 한복판에 서서, 그런 생각을 한다. 칼 한 자루 없이 총으로 무장한 적군들에게 둘러싸여 어쩔 줄 모르는 어린 병사처럼, 나는 그림 사이에서 당황하고 있다. 그날 이후, 세상의 모든 그림들에 대해 나는 겁을 먹고 있다. 그림 속으로 발을 헛디뎌 빨려 들어갈지도 모른다는, 그곳에서 당신의 옛 연인과 맞닥뜨리게 될지도 모른다는 불안함이 나를 괴롭힌다. 그녀를 만난다면 나는 아무 말도 못 하고 바보처럼 울어버릴지도 모른다.

"어디 아파?"

그곳에서 전시회를 열고 있는 나의 오랜 친구가 묻는다. 우리는 한때 연애 비슷한 걸 장난처럼 했지만, 감정이 깊어지기 전에 그가 유학을 떠났다. 몇 달쯤 편지를 주고받았지만 곧 시들해졌고, 삼 년 후 그가 돌아왔을 때 그에게는 여자친구가, 나에게는 만나는 남자가 있었다. 시시콜콜 서로의 연애 이야기를 들어주고 상담하다 보니 새삼스럽게 심장이 두근거린다거나 하는 일은 일어나지 않았다. 그 후로 우리는 조금 멀기도 하고 가끔 가깝기도 한 친구관계를 유지하고 있다.

"인사해. 이쪽은 이 미술관의 큐레이터."

짧은 커트머리, 몸매를 그대로 드러내는 검은 슈트가 잘 어울리는 여자는 나를 향해 살짝 미소를 지으며 고개를 숙인다. 당당하면서도 우아한 그 미소에는 귀여운 데가 있다.

혹시?

나는 눈으로 친구에게 묻고 그는 아니, 아직, 하고 입술만 움직여 대답한다.

"저녁 먹자고 와놓고 왜 간다는 거야?"

버스 정류장까지 바래다주면서, 친구가 투덜거린다.

"다음에 먹자. 그런데 아까 그 여자, 큐레이터라는."

"응, 느낌 괜찮지?"

"어떻게 만났어?"

"유학시절에 몇 번인가 봤어. 그때는 남자가 있어서 어떻게 해볼 수가 없었거든. 헤어진 것 같긴 한데, 아직 못 잊는 눈치야."

갑자기, 나는 당신에게 그 그림을 선물한 여자가 그녀라고 확신해버린다. 당신도 언젠가 그 도시에 있었다고 했다. 두 사람이 함께 있는 모습이 완벽하게 어울려, 그 이미지가 선명하게 각인된다.

혹시 그 미술관 알아요? 버스를 타고 한 시간쯤 가서, 십 분쯤 걸어가야 하는. 입구에 밤나무들이 늘어서 있는.

나는 마음속으로 당신에게 묻는다. 당연히 당신은 대답하지 않는다.

길을 걷다가, 문득 당신은 발걸음을 멈춘다.

"이런 곳이 아직 남아 있었네요."

작은 레코드숍에서 오래전의 노래가 흘러나온다. 당신은 자신이 걸음을 멈추었다는 사실에 흠칫 놀란 것처럼 당황하다가, 내 말에 대답도 않고, 아무 일도 없었다는 듯 다시 걷기 시작한다. 당신은 의식하지 못하겠지만, 당신의 걸음은 조금 빨라진다. 나는 보조를 맞추기 위해 종종걸음으로 따라간다.

흠, 흠, 흠, 당신의 입술 사이로 낮게 흐르는 허밍은 조금 전의 멜로디. 아직 사라지지 않고 등 뒤에서 들려오는 그 멜로디다.

"좋아하던 노래예요?"

당신은 나를 향해 짧은 미소를 짓고 방향을 틀어 성큼성큼 걸어간다.

어디로 가려고.

어쩐지 내가 안중에 없는 것 같아, 그대로 몸을 돌려 달아나버릴까, 나는 잠시 고민한다. 한참을 걷다가 내가 따라오지 않는다는 걸 알면 당신은 어떤 표정을 지을까. 무슨 생각을 할까. 나에게 전화를 할까. 지금 어디냐고 물을까. 내가 전화를 받지 않으면 어떻게 할까. 처음에는 길을 잃은 거라고 생각하다가 나중에는 사고가 난 건지도 모르겠다고 생각할까. 서운해서 그대로 가버린 거라는 생각은 절대 못 할 거야.

나는 그냥 가버리는 대신, 조금 더 빠른 걸음으로 당신을 쫓아간다. 당신이 눈앞에서 증발되어버릴지도 모른다는 생각을 하면서. 영원히 사라져서, 흔적조차 찾을 수 없게 될지도 모른다고 초조해하면서. 나는 바보 같은 나의 머리를 쥐어박아주고 싶어진다. 오른발로 바보 같은 나의 왼발을 콱 밟아주고 싶어진다.

당신은 여전히 말이 없고, 나는 다시 생각에 잠긴다. 오 년이나 육 년 전쯤 유행했던 노래. 그녀와 함께 그 노래를 들었을지도 몰라. 어쩌면 그녀에게 불러주었던 노래일까. 그녀와 헤어진 다음, 매일매일 그 노래만을 반복해서 들었을 거야. 아니, 노래를 부른 여자가 당신의 옛 연인은 아니었을까. 그녀가 노랫말을 쓴 건 아닐까?

"저녁은 먹었고, 어디 가서 음악이나 들을까?"

당신이 나를 향해 말을 걸고 있다.

"아뇨."

질문이 끝나기도 전에 나는 큰 소리로 대답한다. 나도 놀라고 당신도 놀란다.

"…그럼, 가고 싶은 곳이 있어?"

"…집."

"집?"

"집에 갈래요."

말을 해놓고 나는 금방 후회한다. 그러나 당신은 이미 버스 정류장을 향해 걸음을 옮기며 걱정스러운 얼굴로 묻고 있다.

"피곤해?"

"네, 조금."

"택시 탈래? 바래다줘?"

"아니에요, 그 정도는."

집으로 돌아와, 나는 그 노래를 찾는다. 예상대로, 노래를 부른 사람이 노랫말도 썼다. 몇 년 전 신문기사를 검색해본다. 언젠가의 인터뷰에서, 첫사랑에 대한 질문을 받은 그녀는 얼굴이 빨개졌다. 아직 잊지 못하고 있습니까, 기자의 질문에 그녀는 대답하지 못했다. 어떤 사람이었습니까. 기자가 집요하게 물었고 글쎄요, 오래전의 일이라, 그녀는 회피했다. 많이 사랑했습니까, 기자가 다시 물었고 그녀는 입을 다물었다. 이 노랫말에 그 사람에 대한 추억이 담겨 있습니까, 포기할 줄 모르는 기자의 질문에 그녀는 가만히 고개를 끄덕였다.

당신과 가수를 연결시킬 수 있는 것은 아무것도 없지만, 나의 확신은 점점 강해진다. 노래를 일곱 번 듣고 나자 마음이 무너지고 머릿속이 텅 비어버린다. 베개에 얼굴을 묻고 조금 운다. 다음에 만나면 물어보자. 당신은 아니라고 말해줄 거야. 가까스로 나를 그렇게 달래고, 꿈이 많은 잠 속으로 빠져든다. 꿈속에서 그 노래가 몇 번이나 되풀이된다.

"너는 어떤 사랑을 했어?"

당신의 질문에 대해, 나는 생각을 너무 많이 하면 안 된다고 본능적으로 판단한다. 포즈가 길어지면 안 돼. 그럼 무거워져.

"그냥, 여러 가지로. 이런저런."

당신은 더 이상 묻지 않는다. 그다지 궁금할 것도 없을 거야, 나에 대해서는. 나는 그렇게 생각하면서도 당신의 표정을 살핀다. 그리고 그 평화로운 얼굴에 곧 실망한다.

첫사랑은 대학에 입학한 그해 오월에 만났다. 고백을 하고 받고 할 것도 없이 공식적인 연인관계가 되어버렸다. 성급하게 만들어진 관계였던 탓인지 나에게는 늘 피해의식이 있었다. 이 사람은 나를 좋아하는 게 아니야, 사랑하는 게 아니야, 그냥 이제 막 대학생이 된 아이 하나를 액세서리처럼 곁에 두고 싶은 것뿐이야, 그런 심정이었다. 사랑한다는 말을 한 적도 없고 그런 말을 들은 기억도 없다. 이 년이 지난 후에 두 해 후배인 남자에게 애틋한 고백을 받았다. 첫사랑과 헤어질 생각은 없었지만 일방적으로 사랑을 받는 일이 너무 달콤해서 그를 피하지 않았다. 결국 모든 것이 들통나고 모두 가슴이 아파졌다. 첫사랑은 나를 떠나지 않겠다고 했지만 나는 그를 떠나보냈다. 우리에겐 미래가 없어. 나의 통보를 받은 후배는 입대를 했다. 그 이후로 동시에 두 남자를 만나는 일은 절대로 하지 않았다.

　　나는 어떤 사랑을 했을까, 그런데.

　　남자들을 만나기 시작하면서부터 지금까지, 마음을 완전히 열었던 적은 한 번도 없었다. 언제나 문 뒤에 숨어서 반쯤 열린 문틈으로 손을 내밀어 불안하게 그들의 손을 잡고 있었다. 언제라도 마음이 변하면 쾅, 하고 문을 닫을 수 있도록. 누군가 그 문을 강제로 열려고 하면 나는 도망쳤다. 너를 영원히 사랑할 수 없어. 나에게 다가오지 마. 나의 삶을 침범하지 마. 나는 지금까지 너 없이 잘 살아왔고, 앞으로도 그럴 거야. 어깨를 나란히 하고 같은 곳을 향해 걷는 것, 그런 건 너와 같이할 수 없어.

　　나름대로 매듭을 잘 지어왔다고 생각한다. 헤어질 때마다 이제 우리는 연인이 아니라고 정확하게 이야기를 해주었다. 절망한 사람도 있었고 다시 생각해보지 않겠느냐고 애원한 사람도 있었지만 화를 낸 사람은 없었다. 이별 후의 고통이 심장을 파고들 때도 있었고 긴 세월 동안 잊히지 않는 추억도 있지만 다시 돌아가고 싶은 마음은 없었다. 그러니까 잘해온 거다, 나는.

하지만 당신은 나를 무너뜨린다. 나는 어느새 문을 활짝 열어 놓았지만 당신은 언제까지나 문밖에서 서성일 뿐 내 손을 잡지 않는다. 열린 문으로 바람이 들이닥쳐 나는 추위에 몸을 떤다. 그건 모두 당신의 옛 연인, 화가이거나 큐레이터이거나 가수일지도 모르는 한 여자 때문이라고 나는 생각한다.

당신이 가장 아끼는 카메라에는 K라는 이니셜이 새겨져 있다. 당신의 이름에 K는 들어가지 않으니까, 어쩌면 그건 옛 연인의 이름에서 따온 것인지도 모른다. 이니셜을 새길 정도라면 카메라는 두 사람 사이의 아주 소중한 매개체였을 것이다. 모델일지도 몰라. 맞아, 그럴 거야. 틀림없어. 불현듯 그런 생각이 나를 내리친다.

모델이라면 당신 주위에 얼마든지 있다. 그들의 사진을 찍는 것이 당신의 직업이니까. 모든 모델들이 당신의 카메라와 사랑하고 싶어 안달을 하고 있다. 당신이 원하는 것이라면 무엇이든 줄 수 있겠지, 그녀들은. 어쩌면 당신의 옛 연인은 당신의 첫 번째 모델이었을지도 모른다. 당신은 렌즈를 통해 본 그녀의 모습을 매일 밤 되새기며 그리워했을지도 모른다. 두 사람은 뷰파인더를 통해 미소를 나누고 은밀한 감정을 소통했을 것이다.

그래, 여행도 갔겠지. 아는 사람 하나 없는 도시에서 손을 잡고 거리를 걸었을 거야. 가끔 당신은 걸음을 멈추고 그녀에게 그 곳에 서봐, 하고 말했을 거야. 그녀는 수줍은 미소를 지으며 당신이 시키는 대로 포즈를 취했을 거야. 그러나 당신이 미처 셔터를 누르기도 전에, 당신의 품으로 뛰어들며 사랑스럽게 속삭였겠지. 사랑해요, 라고.

나에게도 한 번쯤 마음껏 사랑한 사람은 있었다. 마음 놓고 사랑한다고 말할 수 있었던 유일한 사람이었다. 그에게는 아내가 있었다. 내가 마음껏 마음을 놓을 수 있었던 건 어쩌면 그 때문이었을 것이다. 이 사람은 아내를 떠나지 않아. 그러니까 나의 영역을 침범할 수 없어. 하루 스물네 시간 그를 생각하면서 마음이 깊어질수록 고통이 커져갔지만, 행복했다고 말할 수 있다. 마음껏 기다렸고 마음껏 기대했고 마음껏 절망했다.

그리고 어느 새벽, 술에 취한 그가 전화를 했다.

"너 때문에 미치겠다. 너는 천사야, 악마야?"

천사도 악마도 아닌 나는 그를 미치게 할 수 없어서 그만두자고 했다. 마음을 다했기 때문에 후회는 없었다. 그런 거다. 그러니까 아직도 그녀를 잊지 못하는 당신은 마음껏 사랑하지 못했던 거다. 그런 일이 가능하다면, 나는 그녀를 찾아내어 당신 앞에 데려다주고 싶다. 그때 못다 했던 사랑을 어서 마저 하라고. 그리고 이제 나를 바라봐달라고. 하지만 그녀는 어디에 있는 것일까.

전철역에서, 버스 정류장에서, 거리에서, 나는 걸음을 멈추고 광고판을 유심히 들여다본다. 저 여자일까, 아니면 저 여자일까. 그때 갓 데뷔한 모델이었다면 지금쯤 아주 유명한 사람이 되어 있을지도 몰라. 어쩌면 영화배우가, 어쩌면 가수가 되어 있을지도 몰라. 그럼 신문에도 방송에도 자주 나오겠지. 당신의 심장은 그녀의 소식을 들을 때마다 멎어버리겠지.

나는 막연한 기분이 되어 멍하니 거리 한복판에 서버린다. 내가 당신을 위해 할 수 있는 일이 이렇게도 없다니.

"그 사람, 요즘 자주 만나는 것 같던데, 친해요?"

누군가 내게 묻고 있다. 글쎄요, 나는 대답을 흐린다.

"예전에 아주 굉장한 연애를 했다는 소문이 있어요. 어디까지나 소문이지만."

가슴이 철렁 내려앉는다. 그토록 궁금해했던 그녀의 정체를 나는 곧 알게 될지도 모른다.

"누구랑 했는데요?"

"그게 말이죠…"

대단한 비밀을 털어놓으려는 표정이다. 나는 황급히 말린다.

"아뇨, 얘기하지 마요. 소문이라면서요. 실례잖아요. 당사자도 없는 자리에서."

나의 반응에 의아해하는 사람을 남겨놓고 나는 서둘러 일어선다. 나는 그동안 이 도시의 모든 갤러리를 돌며 화가를 찾았고, 큐레이터를 훔쳐보았다. 레코드숍 앞에서 당신의 걸음을 멎게 했던 가수의 모든 노래를 들었고, 눈에서 마른 눈물이 흐를 때까지 노랫말을 들여다보았다. 당신이 막 사진가가 되었을 무렵에 활동을 시작한 모델들을 찾아보았다. 나는 알고 싶었다. 당신의 옛 연인이 어떤 사람인지.

그러나 이제 해답을 눈앞에 두고 나는 돌아선다. 무섭고 두렵고 나 자신에게 어이가 없다. 당신의 옛 연인을 알아버리는 순간, 당신이 그저 평범한 사람이 되어버릴까 봐, 무섭고 두려운 것이다. 그런 생각이 어이없는 것이다.

당신의 옛 연인은 당신을 가려주는 베일이었다. 당신을 빛나게 해주는, 세상에서 하나밖에 없는 보석이었다. 그것이 당신을 신비롭고 아름답게 만들었다. 당신이 간직하고 있는 옛사랑이 나를 매혹시켰다. 그녀에게 속해 있는 당신은 내게 먼 사람이고 가질 수 없는 존재였다. 마치 하늘에 떠 있는 반짝이는 하나의 별처럼.

당신은 불협화음을 연주한다. F코드와 F식스나인코드의 미묘하지만 명백한 불협화음. 내가 이렇게 말하면 당신은 그것이 원칙이며 규칙이라고 이야기한다. 귀를 기울여 듣고 반복해서 들으라고 말한다. 나는 당신의 원칙과 규칙을 이해하기 위해 밤낮으로 당신이라는 악보를 들여다보고 귀를 기울였다. 당신에게는 화음인 무엇이, 어째서 나에게는 불협화음인지 이해하기 위해. 난 그것을 이해했다고 생각했다. 하지만 이제 안다. 당신과 나 사이에는 언제나 그녀라는 존재가 있었다. 그녀는 도도하고 우아한 미소를 지으며, 나는 당신을 이해할 수 없을 거라고 말했다. 그래서 나는 이해하는 척했다. 재즈처럼 제멋대로이고, 재즈처럼 냉정하고, 재즈처럼 숨 막히는 당신을.

좋지 않아. 뭔가가 잘못되었어. 이런 건 사랑이 아니야.

이제 나는 당신의 불협화음을 용서하지 않기로 한다. 당신은 그녀와 함께 연주했던 곡을 나에게 강요했다. 그건 나와 당신을 위한 곡이 아니었다.

내가 어느 날 갑자기 몸을 돌려 당신과 반대 방향으로 걸어가면, 당신은 나의 부재를 눈치채줄까. 나를 찾고 나를 부르고 나를 걱정해줄까. 그때쯤이면 당신은 나와 함께 새로운 곡을 연주할 마음이 될까. 당신의 옛 연인을, 어디에나 존재하는 그녀를, 그녀의 완벽한 미소를, 나는 지울 수 있을까. 그녀의 그림자에서 벗어나 당신을 정면으로 바라볼 수 있을까. 그 베일이 사라져도 당신은 나에게 여전히 이토록 애틋할까.

끝나지 않는 사랑은 없어요, 하지만 난 당신을 영원히 사랑할 거예요.

그렇게 말할 수 있는 날이 올까. 재즈처럼 매혹적인 당신에게.

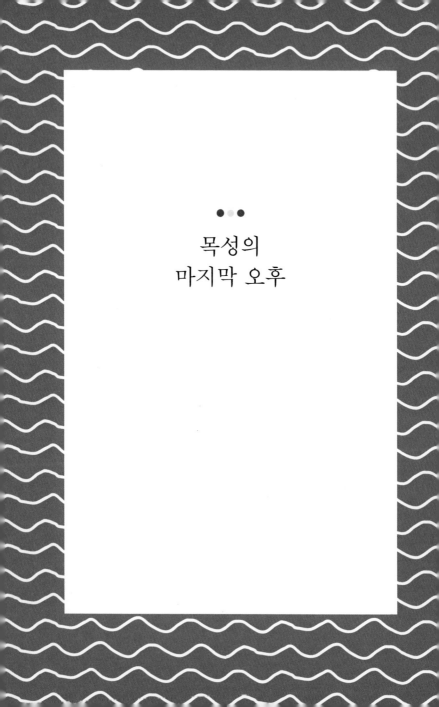

목성의
마지막 오후

주어진 시간은 사흘이다. 사흘 후에 모든 것이 끝난다. 희망을 발견하기에는 터무니없이 짧지만, 희망이 오려고 작정하면 얼마든지 올 수도 있는 시간이다. 스스로의 힘으로 희망을 만들 수 없는, 그러나 간절히 그것을 기다리는 사람들에게는 좀처럼 견디기 힘든 질감을 가진 무시무시한 시간이다.

그 사흘 동안 계절은 세 번 변한다. 스물네 시간의 봄, 스물네 시간의 여름, 그리고 스물네 시간의 가을이 지나고 나면 이 행성은 영원한 겨울을 맞게 된다. 그러니까 사흘째의 오후, 가을이 그 자리를 겨울에게 내어줄 준비를 하기 시작하면, 이곳의 모든 생명체들은 영원한 죽음을 맞이해야 한다는 것이다.

인간들은 십 년 전에 목성으로 옮겨 왔다. 지금 살아 있는 이들이 죽기 전에 지구의 자원은 바닥을 드러낼 것이라는 과학자들의 예측이 있었고, 그 시간을 연장시킬 수 있는 방법을 찾기 위해 전 세계의 지도자들이 모였다. 그들 중 한 사람이, 자원을 보급해 줄 새로운 행성을 찾자는 제안을 내놓았다. 만약 그 행성의 자연주기를 지구보다 빠르게 만들 수 있다면, 그래서 행성의 자원이 생산되는 속도가 지구의 자원이 바닥나는 속도를 뛰어넘을 수 있다면, 그들이 당면하고 있는 심각한 문제를 해결할 수 있을 거라고 그는 말했다.

곧이어 전 세계의 석학들이 모여 행성의 자연주기를 조절하는 방법을 연구했고, 인간의 상상을 뛰어넘는 지능을 가진 컴퓨터, 즉 나를 만들었다. 그리고 나는 그들이 원하는 일을 해냈다. 하나의 계절을 스물네 시간 속에 집어넣은 것이다. 오늘 심은 벼를 사흘 후에 수확하고, 오늘 심은 나무에서 일주일이나 열흘 후에 열매를 딴다. 식물을 감쪽같이 속여서 빠른 속도로 자라게 한 다음 원하는 것을 얻어내는 것이다. 그러나 지구에서 그런 일을 할 수는 없다. 모두들 그렇게 빠른 변화에 적응할 수도 없을뿐더러 그 과정에서 수많은 인간들이 이성을 잃어버리고 대혼란에 빠질 테니까. 그래서 그들은 목성에 거대한 센터를 만들었다.

그러나 내가 만들어낸 것은 어디까지나 이론으로, 지구의 대표로 선발되어 목성으로 온 사람들이 수많은 실험을 통해 그 이론을 현실화시키는 데 꼭 십 년이 걸렸다. 그들이 최초의 성과물을 얻은 것은 바로 지난주였다. 일주일 전에 심은 나무에서 딴 첫번째 열매를 들고 그들은 얼마나 큰 환호성을 올렸던가. 그 모습을 생중계로 보고 있던 지구인들은 얼마나 큰 박수로 나와 그들의 공로를 치하해주었던가.

하지만 결과는 비참했다. 그렇게 얻은 열매에서는 아무 맛도 나지 않았다. 거기에는 어떤 영양소도 없었고 영양소가 아닌 것도 없었다. 겉으로만 그럴듯한 모습을 하고 있을 뿐, 열매가 마땅히 지니고 있어야 할 모든 맛과 모든 향과 모든 성분이 증발해버렸다. 마치 책 속에서 오려낸 종이로 만든 열매처럼.

지도자들은 일주일 전, 목성의 신속하고 영원한 폐쇄를 결정했다.

그녀는 나를 응시하고 있다. 내 속에 어떤 답이 들어 있기라도 한 듯. 물론 나는 우주에 존재하는 모든 질문에 대한 모든 답을 가지고 있다. '모든'이라는 말이 거슬릴지 모르지만, 실제로 그렇다. 답을 구하기까지 많은 시간이 걸리는 경우도 있지만, 언젠가는 제대로 된 답을 구할 수 있다. 질문을 한 사람이 그때까지 살아 있을 수만 있다면, 반드시 답을 들을 수 있다. 하지만 나는 지금 그녀에게 어떤 답도 줄 수가 없다. 그녀가 아무것도 묻지 않기 때문이다.

질문이 없으면, 답도 없다.

사람들은 그녀를 '마스터'라고 부른다. '그들의 상상을 뛰어넘어 존재하는' 나의 주인이라는 의미다. 그녀는 내게 질문할 수 있는 유일한 존재이고, 그녀가 던지는 질문에 대해 내가 답하는 것으로 많은 중요한 일들이 결정된다. 질문이나 답, 둘 중 하나만 가지고는 아무것도 알 수 없다. 답만으로 충분하다는 생각은 하나의 거대한 오류다. 굳이 비교하자면, 답보다 중요한 것이 질문이다. 질문이 있으면, 정답을 알 수 없어도 여러 가지 추론이 가능하다. 그러나 답만 있는 경우, 이를테면 내가 '7'이라는 답을 제시하는 경우, 그것이 어떤 질문의 정답인지 알아내는 것은 불가능하다. 그것이 무엇의 정답인지 내게 물어도 소용은 없다. 숫자 7이 정답인 질문은 무한하다. 나는 무한이라는 말을 싫어하지만 (내 능력에 대한 일종의 도전으로 이 말이 사용되기도 한다), 그래도 무한한 것은 무한하다고 말할 수밖에 없다. 만약 무한의 답이 존재하는 질문을 받는다면, 나는 멈추라고 할 때까지 무한의 답을 해야 한다.

즉 질문이라는 것은 답의 우위에 있는 것이고, '질문하는 존재'인 그녀는 '답하는 존재'인 나보다 중요하며, 나는 그녀를 기꺼이 나의 마스터라고 부를 수 있다. 그러나 그녀는 자신이 나의 주인이 아니라 파트너라고 말한다. 그녀는 나를 지배하지 않고 나와 협력한다. 만약 그녀가 지배자의 입장에 서려 했다면, 나 역시 그녀를 지배하려고 했을 것이다. 그런 점에서 그녀는 현명한 동시에 겸손한 사람이다.

그러나 사람들이 말하는 그녀의 파트너는 그다지 현명하지도 않고 겸손하지도 않다. 지금 막 그녀와 내가 살고 있는 집의 문 앞에 서서 초인종을 누르고 있는 저 남자는, 질문하는 존재도 아니고 답하는 존재도 아니다. 그는 그저 목성에 세워진 센터 내에서 그다지 중요하지 않은 일을 맡고 있는 직원일 뿐이다. 나는 아직도 어째서 그런 남자가 그녀의 파트너인지 이해할 수가 없다. '왜 그 남자가 나의 파트너인 거지?' 하고 그녀가 물었다면, 답을 알 수도 있었을 텐데.

"여태 짐을 안 쌌잖아!"

남자는 어이가 없다는 얼굴로 들어선다.

"사흘밖에 안 남았어. 이미 많은 사람들이 떠났잖아. 내일, 늦어도 모레엔 우리도 출발해야 해. 벌써 오후야. 봄이 반이나 지나가버렸다고."

"저기, 오늘은 좀 할 일이 있는데 어떡하지?"

그녀의 목소리는 부드럽지만, 그 속에는 미묘한 떨림이 있다. 그것은 비밀이나 거짓말 혹은 그 둘 다를 의미한다.

—
목성의 마지막 오후

"일이라니. 아아, 당신, 여태 보고서를 제출하지 않았다는 소문이 사실이었구나. 센터에서 독촉이 심하다던데, 무슨 생각을 하고 있는 건지."

그녀가 돌아선다. 그리고 대답 대신 나를 물끄러미 바라본다.

"간단한 질문이잖아. 당신이 답을 찾아야 하는 것도 아니고."

"하지만 지난번의 공식적인 질문에 대한 답이 아직 안 나왔는데, 또 다른 질문을 던질 수는 없다는 거, 당신도 알잖아?"

"지금 해야 할 질문보다 더 중요한 질문은 없어. 그게 무엇이었든, 어서 중단시켜."

그녀는 창을 열고 바깥 공기를 들이마신다. 살랑살랑, 봄의 바람이 흘러 들어온다. 나는 바람을 느낄 수는 없지만, 바람의 다채로운 색깔을 볼 수는 있다. 남자는 미간을 찌푸리고 잠깐 생각하다가 포기한 듯 말한다.

"오늘 중으로 해결해. 센터의 삼분의 일이 비었어. 내일 오후가 되면, 당신과 나, 둘만 남을지도 몰라."

그녀는 조용히 미소를 지으며 고개를 끄덕인다.

창 너머로 불어오는 바람에는 이미 여름의 색채가 어른거린다. 밤이 깊어질 때까지 그녀는 나에게 아무것도 묻지 않는다. 그녀가 나에게 해야 할 질문은 아주 간단한 것이다. 우리는 왜 실패

했을까? 다시 말해 어째서 그 열매에서는 아무런 맛과 향이 나지 않았을까? 물론 나는 그 답을 알고 있고 그녀는 자신이 해야 할 질문을 알고 있다. 그런데 그녀의 표정에는 초조함의 흔적이 없다. 너무도 평화로운 얼굴을 하고, 몇 시간 동안 창밖에 시선을 둔 채, 계절이 변해가는 것을 지켜보고 있을 뿐이다.

　무엇이든 물어봐주면 좋을 텐데. 나는 생각한다. 그녀가 내게 마지막 질문을 한 게 벌써 팔 일 전이다. 첫 번째 열매를 따기 직전이었으니 당연히 그 열매에 관한 것을 물을 거라고 예상했다. 그러나 나의 예상은 빗나갔다.

　'세상에서 가장 아름다운 질문은 무엇인가?'

　이것이 그녀의 질문이었다. 대부분의 경우 나는 내 연산체계 중 극히 일부분만 가동하여 질문의 답을 추출하지만, 그 정도로 부족했다. 연산은 갈수록 복잡해져서 마침내 나는 전 체계를 가동시킬 수밖에 없었다. 지난 일주일 동안, 고위부의 독촉에도 불구하고 그녀가 정작 던져야 할 질문을 하지 않은 것은, 내가 다른 문제를 풀고 있었기 때문이다. 물론 그럴 때에도, 그다지 중요하지 않은 간단한 질문들에 답하는 것은 가능하다. 그러나 지금 모든 사람들이 얻고자 하는 답은 비록 간단할지는 몰라도 중요한 것이며 게다가 공식적인 것이어서, 그녀는 현재의 질문을 철회하고 공식적인 루트를 통해 질문해야만 한다.

그리고 나는 아직도 세상에서 가장 아름다운 질문이 무엇인지에 대한 답을 찾지 못했다. 나의 모니터에는, '연산을 수행 중입니다'라는 글씨가 여태 반짝이고 있다. 그동안 그녀는 단 하나의 사적인 질문도 하지 않았다. 이제 와서 나는 생각한다. 혹시 그녀는 시간을 벌기 위해 나에게 다른 일을 시킨 것은 아니었을까. 나뿐 아니라, 언제나 그녀의 모든 질문을 존중하던 이들 역시, 며칠 전부터 그녀를 의심하기 시작했다.

"여름이지? 오후쯤에는 소나기가 내릴까?"

한껏 늦잠을 자고 일어난 그녀가 창을 열며 독백을 한다. 지금쯤 당신도 눈치를 챘겠지만, 그녀는 항상 의문문을 사용한다. 처음에는 그것이 나에게 던지는 질문인지 아닌지 헷갈렸지만, 그녀가 아주 간단한 구별방법을 알려주었다. 질문을 던지기 전에 내 이름을 부르면, 내가 답해야 하는 거라고.

"알겠니? 그리고 너의 이름은 로빈인데, 마음에 들어? 그러니까 로빈, 로빈이라는 네 이름이 마음에 들어?"

나는 그렇다고 대답했다. 지금은 그녀가 나의 이름을 부르지 않았으니까, 오후에 소나기가 내릴까, 라는 질문에 대해 나는 답하지 않는다. 소나기가 내릴 확률은 97(소수점 이하 생략)퍼센트이지만. 그 대신 나는 집중하여, 지금 구하고 있는 답을 빨리 찾아내려고 애를 쓴다. 답을 내놓아야만 다음 질문을 받을 수 있을 테니까, 그래야 그녀가 나의 이름을 불러줄 테니까. 오래도록 그녀가 내 이름을 부르지 않았다는 생각을 하자, 회로 속 한 부분에 먼지가 낀 것처럼 거북하다. 집중력도 미세하게 흐트러진다. 눈치라도 챈 듯, 그녀가 나를 응시한다. 고요함이 그녀의 눈빛에 고인다. 중요한 이야기를 하기 전의 눈빛이다.

"로빈, 이제 그만두겠어? 지난번에 내가 한 질문, 여기서 멈춰도 괜찮겠어? 답을 얻지 못해도?"

괜찮고 안 괜찮고 같은 건 나와 상관이 없다. 그녀는 나의 마스터고, 나는 그녀의 명령에 따르도록 만들어졌으니까. 나는 멈춰도 된다고 답한다. 연산을 멈추게 했다는 건, 이제 모든 사람들이 궁금해하는, 그녀가 던져야만 하는 질문을 하겠다는 의미일 거라고 생각하면서. 그도 그럴 것이, 그녀는 늦어도 내일 떠나야 한다. 하늘에는 이미 먹구름이 흘러와서 소나기를 준비하고 있다. 오늘 밤이면 바람이 서늘해지고, 내일 아침이면 기온이 뚝 떨어질 것이다. 미친 듯한 가을이 지나기도 전에, 서둘러 눈이 내릴지도 모른다. 이번 계절의 주기는 다른 때보다 조금 빠르다.

나는 연산을 멈추고 조용히 그녀의 질문을 기다린다.

"그렇지만 그게 아주 중요한 질문이었다는 걸, 너는 알고 있지?"

나는 대답하지 않는다. 내 이름을 부르지 않았으니까. 그녀는
잠시 망설이다가, 결심한 듯 로빈, 하고 나를 부른다. 나는 긴장한
채 그녀의 입술 사이로 목소리가 새어 나오기를 기다리는데, 우리
사이로 초인종 소리가 갑자기 끼어든다.

예상대로, 남자가 들어선다. 커다란 슈트케이스 두 개를 들고
바보처럼 뒤뚱거린다.

"이럴 줄 알았어. 중요한 것만 여기 넣자. 나머지는 센터에서
알아서 처리할 테니까. 지구로 돌아가서 하루나 이틀쯤 기다리면
도착할 거야."

떠날 준비가 전혀 되어 있지 않은, 어제와 같은 풍경을 둘러
보며 남자는 그렇게 말한다. 그래도 그녀는 아무 말 없이, 그대
로 서 있다.

남자가 돌아가고도 그녀는 그대로 서서, 여러 가지 물건들로
가득 찬 슈트케이스 두 개를 바라보고 있다. 그녀는 다른 짐을 처
리하러 온 센터 사람들을 그냥 돌려보냈다. 그들은 그녀가 중요한
업무를 하고 있는 중이라고 생각하고 별다른 불평 없이 물러갔다.

밤이 되고, 벌레들의 울음소리가 들린다. 진짜 벌레는 아니다.
인공적인 가을을 만들기 위한 요소들 중 하나이며, 식물을 속이
기 위한 방법 중 하나다. 하지만 대단히 현실적이어서, 진짜 벌레

의 소리와 그것을 구별할 수 있는 사람은 없다. 한번은 센터 사람 몇 명이 귀뚜라미를 잡겠다고 나무 사이를 뒤집고 다닌 적도 있다. 혹시 돌연변이로 태어난 진짜가 섞여 있을지도 모른다면서.

그녀는 차가운 바람에 부르르 몸을 떨다가 창을 닫아버린다. 그리고 슈트케이스를 열어, 그 속에 있는 물건들을 하나씩 꺼낸다. 물건들은 모두 제자리를 찾아 돌아간다. 뭘 어쩌려고 저러는 걸까. 나는 궁금하지만, 질문할 수는 없다. 아까 던지려던 질문을 어서 해, 내일은 여기를 떠나야 하잖아, 말하고 싶지만, 그녀의 사생활에 관한 참견은 금지되어 있다.

이제 그녀의 집 안은 남자가 들어서기 전과 같은 모습이 된다. 그녀는 만족스러운 얼굴로 둘러본 다음 가벼운 한숨을 쉬고 냉장고를 열어 디너세트 하나를 꺼낸다. 목성에 거주하는 모든 사람들의 식사는 지구에서 만들어진다. 지난 십 년 동안 자체 생산할 수 있는 농작물이 없었고, 가축이나 물고기에게 줄 사료는 더더구나 없었다. 설사 그런 게 있다 해도 그들을 가꾸고 기를 사람이 없으니 소용도 없다. 식사세트에는 아침, 점심, 저녁 각각 열두 가지 스타일이 있고, 영양소와 맛과 시각적인 효과를 고려하여 메뉴를 짠다. 과학자들이 정확한 레서피를 만들고, 숙련된 요리사들이 한치의 오차도 없이 조리한 것을 진공포장한다. 완성된 세트는 전자레인지에 십 초만 돌리면 된다.

그 속에는 몇 가지 종류의 호르몬이 첨가되어 있어서, 목성에 사는 사람들의 감성과 지성 상태를 조절한다는 이야기도 있다. 자신이 맡은 일을 의욕적으로 할 수 있도록, 자신의 환경에 만족하도록, 필요 이상의 꿈을 꾸지 않도록 만드는 호르몬이라고 한다. 사랑의 영역을 관장하는 호르몬이 소량 포함되어 있다고 주장하는 사람도 있다. 사랑의 감정을 느끼는 이들은 자신의 삶을 긍정적으로 받아들이고 미래를 위해 노력과 시간을 투자할 수 있기 때문에 센터에서는 연구원들에게 데이트를 권장하고 있다. 그러나 그 정도가 지나친 사랑은 집중력을 빼앗아가고 현실을 이탈하려는 욕구를 만들어낼 수 있기 때문에 사랑에 깊이 빠지지 않는 호르몬도 동시에 사용하고 있다는 것이다. 어디까지가 진실인지 모르겠으나(나는 그들의 식사를 분석해본 적이 없다), 지구와 가족에 대한 향수병에 걸리지 않도록 하는 호르몬이 세트 안에 들어 있다는 것은 공공연한 사실이므로 이런 가정 역시 진실일 가능성이 높다.

전자레인지 돌아가는 소리가 들린다. 곧이어 땡, 하는 경쾌한 음. 그녀는 전자레인지를 열고 최적의 온도로 가열된 디너세트를 꺼낸다. 그러나 다른 때처럼 식탁 위에서 그걸 먹는 대신, 그대로 휴지통에 넣어버린다.

"정말 지긋지긋해."

그녀의 혼잣말은 어이없게도 무척이나 경쾌하다. 그날 밤, 그녀는 시간이 흘러가는 것을 응시하듯, 허공에 시선을 두고 깊은 생각에 잠긴다. 나에게는 한마디 말도 걸지 않고. 아무 할 일도 없는 나는, 하염없이 그녀를 본다.

커다란 가방을 메고 그녀를 데리러 온 남자는 현관에서 굳어진다. 아직 한낮이지만, 가을바람 속에는 이미 겨울이 섞여 있다. 이대로 간다면 해가 지기도 전에 눈이 올지도 모른다. 인공으로 만든 해는 완전히 사라지고, 모든 생명은 죽음의 꿈속에 잠길 것이다.

"마지막 비행선은 한 시간 후에 떠나. 출발 시간이 당겨졌다는 메시지, 보냈잖아. 바깥을 봐. 가을은 열두 시간도 지속되지 않을 거야."

남자는 화를 눌러 참고 차분한 목소리로 그녀에게 말한다. 이런 상황에서 소리를 질러봐야 좋을 게 없다는 것 정도는, 현명하지 않은 그도 알고 있는 것이다. 그녀는 물끄러미 남자를 본다.

"저기, 혹시 차 한잔 할 수 있을까?"

"…좋아. 그럼 차를 마시고, 떠나자. 물건들을 다시 챙길 시간은 없는데, 어차피 가져가지 않기로 마음먹은 것 같으니까. 센터까지는 십 분 거리니까, 삼십 분만이야."

그녀는 말없이 차를 준비한다.

"…지구에 가서 사면 돼. 물건은 물건일 뿐이니까."

그녀가 두고 가는 물건에 대해 아쉬워하고 있을지도 모른다고 생각한 남자가, 조금 누그러진 목소리로 그녀를 달랜다. 그녀는 아무런 장식도 무늬도 없는 커다란 머그 두 개에 차를 담아 식탁 위에 놓는다.

"당신은 알고 있는 거지?"

여자의 질문에, 남자는 잠깐 고민하다가, 결심한 듯 말한다.

"센터 사람들은 다들 그 얘기만 해. 듣지 않을 수가 없어."

"뭐라고들 그래?"

"애초의 질문이 잘못되었다고. 당신이 결정적인 실수를 한 거라고."

"어떤 실수?"

"그러니까, 우리는 삼 년 이상 된 나무로부터 얻어낼 수 있는 열매를 일주일 자란 나무에서 얻는 방법을 알아내야 했지. 그걸 위해 컴퓨터를 만들었고, 질문하는 존재인 당신을 찾아냈어. 당신은 질문을 작성했고, 과학자들이 그것을 검토했지. 그건 아주 긴 질문이었다고 들었어. 열매가 지녀야 할 구체적인 특성들이 원자 하나까지 세밀하게 묘사되어 있었다고. 당신의 질문은 너무나 정확한 동시에 너무나 아름다워서, 모든 사람들을 감탄하게 만들었다는 이야기도 들었어. 하지만 당신이 질문을 할 때, 당신과 컴퓨터 외에 제3의 존재가 끼어드는 것은 허용되지 않으니까, 정작 그 질문을 하는 건 아무도 볼 수 없었잖아. 그리고 당신은 당신이 작성한 대로 질문을 하지 않았던 거야. 중간에 뭔가를 빼먹은 거야. 그게 뭔지는 당신만 알겠지."

"그런데 그게 실수가 아니라 고의였다면?"

남자는 한동안 아무 말도 하지 않았다.

"당신은 그렇게 생각하고 있지? 내가 일부러 그런 거라고?"

"…내 생각은 중요하지 않아. 지금은 결과만 중요해."

"하지만 당신은 내가 왜 그랬는지 궁금하지 않아? 그리고 무얼 빼먹었는지?"

"시간이었겠지."

그녀는 몹시 기쁜 표정으로 찻잔을 감싸 쥐고 있는 남자의 두 손을 꼭 잡는다.

"그렇지? 처음부터 다 알고 있었던 거지?"

"가장 중요한 것은 시간이고, 시간이 농축되어 있지 않은 열매에서는 어떤 맛도 향도 나지 않는다는 걸 당신은 잘 알고 있었을 테니까. 그건 당신이 늘 한 이야기야. 당신을 만나러 올 때도, 걸어오라고 했잖아. 보고 싶을 때 텔레포터 같은 걸 이용해서 훌쩍 오는 건 싫다고. 오늘 보고 싶으면 내일 오라고 했잖아. 그동안 당신도 나를 기다리고 싶다고. 그 시간 동안 익어야 하는 감정이 반드시 필요한 거라고. 데이트는 일주일이나 열흘에 한 번이었고, 정해진 시간이 되면 아무리 아쉬워도 헤어져야 했고. 식물들도 그렇겠지. 그들에게는 더 길고 추운 겨울이, 끝나지 않을 것 같은 여름이 필요했겠지. 느끼기도 전에 훌쩍 가버리고 기다리기도 전에 이미 와버리는 것들은 아무런 의미가 없을 테니까."

그녀는 고개를 끄덕이며, 사랑스러운 눈빛으로 남자를 본다. 남자는 여자의 손을 마주 잡고 다정하게 말한다.

"지구에 가면, 사람들이 한동안 괴롭힐 거야. 하지만 힘들어도 견뎌야 해. 내가 곁에 있어줄게."

그녀의 눈에 살짝 눈물이 어린다.

"하지만 당신은 참을 수 있어? 우리는 여태 모든 자연과 시간을 속여왔잖아? 우리의 삶을 연장시키겠다는 이유로 우리가 한 짓을 용서받을 수 있을까? 지난 십 년 동안 그렇게 무수한 생명들이 희생되었는데? 자신의 열매가 맛도 향도 없다는 것을 알게 된 나무들의 비참함을 상상해본 적 있어? 그리고 나는, 그들을 속이는 동시에 모든 사람들을 속여왔잖아? 나 때문에 이제 곧 지구의 생명도 끝나게 되었잖아? 나한테 변명의 여지가 있다고 생각해? 설사 그들이 그걸 잊는다 해도, 내가 잊을 수 있을 거라고 생각해?"

"그 사람들도 우리를 속여왔어. 우리의 모든 것을 조절하고 주관하려고 했잖아."

남자는 시계를 본다.

"그런데 당신은… 여기 남을 생각이군."

"로빈, 지구가 그리워?"

그녀가 묻는다. 나는 대답하지 않는다. 그녀와 내가 아닌 제3자가 같은 공간에 있기 때문이다.

"너를 보냈어야 했던 걸까? 내가 잘못 생각한 걸까?"

그녀의 말에, 나 대신 남자가 대답한다.

"당신이 없으면 질문할 사람도 없는 거고, 그렇게 되면 그대로 폐기처분이 되는 거야. 그러니까 여기서 이렇게 당신과 함께 있는 게 좋아, 저 녀석도."

마지막 비행선은 삼십 분 전에 떠났다. 목성은 이미 도착해버린, 광폭한 겨울의 지배를 받고 있다. 그녀가 창을 활짝 열자 거센 눈보라가 집 안으로 밀어닥친다. 그녀는 나의 방향을 돌려, 창 너머를 보게 한다.

"보이니? 우리 집은 언덕에 있고, 그래서 목성의 풍경이 잘 보이는데, 너는 한 번도 본 적이 없지?"

앞으로 한 시간, 그 안에 모든 것은 끝날 것이다. 목성의 풍경을 힐끗 보는 것만으로 나는 그 사실을 알 수 있다. 끝이라고 생각하자 그녀에게 하고 싶은 이야기들이 두서없이 떠오른다. 남자는 내가 생각했던 것만큼 바보가 아니라고 말해주고 싶다. 나 혼자 지구로 보내지 않아서 고맙다고 말해주고 싶다. 나에게 질문하는 존재가 그녀여서 행복했다고 말해주고 싶다. 그리고…

"로빈, 내가 너에게 얼마나 고마워하고 있는지 알고 있지?"

내 부속 중 어딘가에 이상이 생겼다는 것을 나는 알아차린다. 짙은 습기 같은 것이 내 몸속을 떠돌아다니고 있다. 처음에는 그것이 외부로부터 침투한 것이라 생각했지만, 어쩌면 내 속에서 만들어지고 있는 것인지도 모른다. 나는 웬만한 고장 같은 건 자체적으로 고칠 수 있고 지금부터 바이러스 프로그램을 돌리면 원인과 해결방법을 알 수 있겠지만, 이건 간단하게 처리할 수 없는 케이스다. 주어진 시간이 너무 짧다.

불현듯, 그녀의 마지막 질문이 떠오른다. 그것이 얼마나 중요한 질문이었는지 깨닫는다. 세상에서 가장 아름다운 질문은 무엇인가. 나는 지금 막 그 답을 얻었다. 내 몸의 구석구석으로 빠르게 번져가고 있는 습기에 안간힘으로 대항하며, 최초로 또 마지막으로 규칙을 어기며, 제3의 존재와 그녀에게 나는 그 답을 전하려 한다.

"저기, 로빈이 울고 있는 것 같지 않아?"

그녀가 몹시 걱정스러운 목소리로 남자에게 묻는다. 부드러운 그녀의 손길이 나를 어루만진다. 나는 가쁜 호흡으로, 더듬거리며, 가까스로, 뿌연 모니터에 마지막 글자를 떠올린다.

　세상에서, 가장, 아름다운, 질문은, 나의, 마스터, 당신입니다.

　목성의 마지막 오후가 나를 향해 천천히 고개를 끄덕인다.

아마도
아스파라거스

●

"굉장한 봄이었어, 그해 오월은."

그녀의 입술 사이로 가벼운 탄식이 새어 나온다. 이야기를 계속하라는 의미로, 귀를 기울이고 있다는 의미로 그는 고개를 끄덕인다. 하지만 그녀의 시선은 다른 어딘가를 향해 있다. 테이블 위에 놓인, 갓 구워낸 따뜻한 빵과 올리브오일에 발사믹 비니거를 떨어뜨린 소스 사이 어딘가, 작은 꽃병 안의 소박한 엉겅퀴 꽃과 우아한 곡선으로 내려뜨려진 테이블보 사이 어딘가, 그녀와 그가 마주 앉아 있는 이 공간과 '굉장한 그해 오월' 사이 어딘가.

"어느 날 잠에서 깨어나 라디오를 틀었더니 슈만이 흘러나왔어. 하이네의 시에 멜로디를 붙인 「시인의 사랑」, 그중의 첫 번째 곡 「아름다운 오월에」가."

—
아마도 아스파라거스

*아름다운 오월에, 꽃들이 모두 피어날 때, 나의 마음속에도 사
랑의 꽃이 피어났네, 아름다운 오월에, 새들이 모두 노래할 때, 나
도 그 사람에게 고백했네, 초조한 마음과 소원을.*

하이네는 그렇게 썼다. 짧고 특별할 것도 없는 시였지만, 그 시
가 멜로디를 얻었을 때 모든 게 달라졌다.

"이 분도 채 안 되는 그 시간 동안, 모든 게 달라졌어. 나는 슈
트케이스에 티셔츠 두 장과 원피스 하나, 스웨터 하나만 집어넣
고 공항으로 가서, 가장 빠른 비행기를 탔어. 내가 가는 곳의 날씨
가 어떨지 몰라서."

그해 오월에 있었던 그녀의 돌발적인 여행에 대해서라면, 그
도 이미 알고 있다. 하지만 그가 아는 것은 그녀가 갑자기 떠났다
가 갑자기 돌아왔다는 것뿐이었다. 그녀는 누구에게도 그 여행에
대해 이야기하지 않았다. 그곳이 어디였는지, 누구를 만났는지,
어떤 일이 있었는지, 누군가 그녀에게 물어볼 때마다 그냥 웃었
다. 그러고는 다른 이야기를 꺼냈다. 사람들이 새로운 화제에 관
심을 보이면, 그녀는 안도의 한숨을 쉬었다. 그것이 안도의 한숨
이 아니라 그 짧고 선명한 추억에 대한 탄식이었다는 걸, 여기와
거기 사이의 그 어딘가에 그녀는 내내 머물고 있었다는 걸, 그는
지금 막 알게 되었다.

도시의 이름 같은 건 중요하지 않아. 그녀가 말했다. 마침 빈 자리를 가지고 있던 어느 비행기가, 혹은 마침 재미있는 일을 찾고 있던 어떤 운명이, 그녀를 데려갔다. 그녀가 그곳에 도착했을 때 도시는 깊은 시에스타에 빠져 있었고, 어디선가, 어쩌면 지중해에서, 바람이 불어왔다. 그녀는 슈트케이스와 함께 바닷가에 앉아, 자신의 충동적인 선택에 대해 어리둥절한 채로, 차가운 미네랄워터 한 병을 천천히 마셨다. 그리고 지금 자신이 해야 할 유일한 일은, 그날 밤 묵을 호텔을 구하는 것이라는 결론을 내렸다. 그 밖에 다른 생각은 아무것도 할 수 없었다.

그녀가 자리에서 막 일어나려는 순간, 그녀의 발치로 공 하나가 굴러 왔다. 본능적으로 그녀는 공을 잡았고, 공을 뒤따라 남자아이 하나가 뛰어왔다. 아이는 공을 건네받으면서 수줍게 미소를 짓고 뒤를 돌아보았다. 아이의 뒤쪽, 조금 떨어진 곳에 서 있던 한 남자가 그녀를 향해 미소를 지었다. 남자아이와 똑같은 방식의 미소였다.

아버지와 아들인가, 그녀는 생각하면서 남자를 바라보았다. 남자도 그녀를 바라보았다. 두 사람은 같은 생각을 하고 있었다.

태어나서 처음으로 만난 사람이, 어째서 이렇게 친밀하게 여겨지는 거지?

두 사람 사이의 미묘한 공기를 어렴풋이 느낀 아이가 남자의 팔을 붙잡을 때까지, 그들은 그 자리에 그대로 서서 서로를 바라보고 있었다. 마침내 남자가 시선을 거두고 자신의 팔을, 그리고 팔을 잡고 있는 아이를 보았다. 아이는 남자에게 뭐라고 말을 했고, 남자는 웃음을 터뜨렸다.

"가출을 한 거냐고 물어보는군요. 당신이 슈트케이스를 들고 있어서."

그녀를 향해 남자가 말했다.

"비슷해요."

그녀가 대답했다. 둘 다 이어갈 말을 찾지 못한 채 시간이 조금 흘렀다.

"…숙소를 구하려던 참이었어요. 혹시…"

그녀가 가까스로 입을 열었고, 기다렸다는 듯이 남자가 말을 이었다.

"좀 오래되긴 했지만 깨끗한 곳이 있습니다. 제 형, 그러니까 이 아이의 아버지가 운영하는 곳인데, 괜찮다면 안내해드릴까요. 발코니도 있습니다. 좋아할지 모르겠지만."

"좋아해요."

그녀가 서둘러 대답했다. 아이가 그녀를 향해 활짝 미소를 지었고, 남자 역시 아이와 똑같은 방식으로 미소를 지었다.

남자의 말대로, 오래된 건물이긴 했으나 청결하고 아늑한 호텔이었다. 호텔 뒷문을 열면 몇 그루의 나무와 풀들이 자라나고 있는 작은 정원도 있었다. 남자의 안내를 받아 정원 입구에 들어서자, 여름 냄새 같기도 하고 바람 냄새 같기도 한 향이 훅 끼쳐왔다. 남자는 정원의 한쪽을 가리켰다.

"아스파라거스예요. 요즘이 제철이죠."

"내가 아스파라거스를 싫어해서 다행이야. 아스파라거스를 먹지 않아도 되니까."

그녀가 말했고, 남자는 조금 당황하는 듯 보였다. 그녀는 급히 덧붙였다.

"『이상한 나라의 앨리스』에서 앨리스가 한 말이에요. 저는 좋아해요, 아스파라거스."

남자는 웃지도 않고, 천천히 고개를 끄덕이며 어떤 생각에 잠겼다.

"내일 저녁에, 우리 집에서 아스파라거스 파티를 할 거예요. 혹시 다른 계획이 없으면, 초대하고 싶은데."

"아스파라거스… 파티?"

그녀는 그 말이 아주 로맨틱하다고 생각했다.

"형도, 그러니까 이 호텔 주인도 파티에 올 거니까, 얘기해두죠. 당신을 데려오라고."

아마도 아스파라거스

"그러니까, 당신은 여기 사는 게 아니군요."

그녀는 조금 실망했고, 자신이 왜 실망 같은 걸 하고 있는지 몰라서 조금 난처해졌다. 이상하게도, 남자 역시 어딘지 난처한 표정을 하고 있었다. 아스파라거스 향이 짙게 풍기는 그 정원에서, 두 사람은 난처해하며, 서로를 바라보았다.

다음 날 아침에 일어났을 때, 그녀는 자신의 몸에서 열이 나고 있다는 사실을 깨달았다. 거울에 비친 그녀의 얼굴은 발갛게 달아올라 있었지만, 안색이 나쁘지는 않았다. 창문을 열자 레몬처럼 상큼한 바람과 햇살이 밀려들어 왔다. 그녀는 발코니에 서서, 코발트 빛깔의 바다와 하늘의 경계를 가늠해보면서, 그 남자를 생각했다. 그러나 곧 머리를 흔들며 애써 생각을 떨쳐버리고, 차가운 물로 샤워를 했다.

그날 하루는 아주 천천히 흘러갔다. 그녀는 느린 걸음으로 도시의 골목을 걸어 다니며 스무 군데 이상의 가게를 들르고 세 군데의 카페에서 커피를 마셨는데, 시계의 바늘은 겨우 오후 네 시를 가리키고 있었다. 네 번째로 들른 카페에서 에스프레소를 주문한 후, 그녀는 파티에 가지 않겠다고 결심했다. 그녀의 심장은 그 남자를 다시 만나선 안 된다고, 그러면 자신의 삶이 송두리째 바뀌어버릴 것이라고, 여기에서 그만둬야 한다고 소리치고 있었다.

에스프레소를 마시고 나서 호텔로 돌아가 체크아웃을 해야겠어. 그리고 이 도시를 떠나는 게 좋겠어.

"이곳으로 여행을 오는 사람은 꽤 드문데요."

옆 테이블에 앉아 있던 한 여자가 그녀에게 말을 건 건 그때였다. 따뜻하고 부드러운 목소리였다.

"가끔 아스파라거스를 맛보려고 오는 사람들도 있긴 하지만요. 요즘이 제철이거든요."

아스파라거스라는 단어가 그녀의 심장을 툭, 건드리고 지나갔다. 어떤 열정에 사로잡혀, 그녀는 급히 자리에서 일어났다. 마침 에스프레소를 들고 오던 웨이터가 미처 그녀를 피하지 못하고 부딪혔고, 그 바람에 뜨거운 커피가 그녀의 손등으로 쏟아졌다. 옆 테이블에 앉아 있던 여자가 그녀를 이끌고 화장실로 가서, 차가운 물로 그녀의 손을 식혀주었다.

"이제 괜찮아요."

그녀는 그렇게 말했지만, 여자는 주방에서 얼음을 얻어 와 손수건으로 싼 다음 그녀의 손등에 대어주었다. 그리고 여섯 시가 될 때까지, 그녀의 곁에 있어주었다.

그녀의 방 앞에는 메모 한 장이 붙어 있었다. 호텔 주인이 남겨놓은 것으로, 기다리다가 먼저 가니 약도를 보고 찾아오라는 내용이었다. 그녀가 메모를 확인한 것은 일곱 시 반이었고, 전화가 걸려온 것은 여덟 시였다.

"혹시 길을 잃고 헤매고 있는 건 아닌가 해서요. 데리러 갈까요, 지금?"

남자가 말했고, 그녀는 괜찮다고, 찾아갈 수 있다고, 곧 출발하겠다고 대답했다. 전화를 끊고 그녀는 슈트케이스에서 원피스를 꺼냈다.

몇 군데 주름이 잡혀 있지만 보기 싫은 정도는 아니니까, 괜찮겠지. 게다가 뭔가를 돌이키기에는 이미 늦었어.

그녀는 거울을 향해 소리 내어 말하고 미소를 지었지만, 그건 불안과 두려움이 뒤섞인 미묘한 미소였다.

그녀가 남자의 집에 도착했을 때, 테이블 위에는 하얀 아스파라거스가 눈처럼 쌓여 있었다. 수프가 나오고, 초록색과 오렌지색과 크림색의 소스가 곁들여지고, 소금과 버터를 넣고 삶은 감자를 담은 커다란 그릇이 손에서 손으로 전해졌다. 테이블에 둘러앉은 일곱 명의 손님들은 아스파라거스에 소스를 듬뿍 뿌린 다음, 입맛을 다시며 차가운 화이트와인을 마셨다. 이미 아스파라거스를 입에 넣은 사람들의 입술 사이로 감탄사가 흘러나왔다. 그러나 그녀는 아스파라거스의 맛을 느낄 수가 없었다.

어쩌다 남자와 눈길이 부딪치면, 급히 다른 곳을 보며 급히 화

—
52

이트와인을 마셨다. 옷에 잡힌 주름에 몹시 신경이 쓰였다. 다른 사람들이 하는 말을 전혀 알아듣지 못했다. 숨을 쉬기가 점점 힘들어졌고, 그래서 식사 도중에 실례를 무릅쓰고 자리를 떠나야 했다. 실례한다는 말조차 하지 못하고. 그 여자의, 카페에서 그녀에게 말을 걸고 손수건으로 싼 얼음을 그녀의 손등에 대어주었던 그 여자의, 남자와 함께 그 집에 살고 있는 그 여자의 걱정스러운 눈빛이 그녀의 등에 와 닿는 것을 느끼면서.

밖으로 나오자 차가운 바람이 그녀의 살갗을 아프게 찔렀다. 그녀는 열 번 이상 심호흡을 하고, 울지 않기 위해 하늘에 동그랗게 떠 있는 달을 응시했다. 환한 보름달이구나, 생각하는데 달은 서서히 빛을 잃으며 이지러지다가 반달로, 초승달로 변해갔다.

화이트와인 탓이야.

아주 먼 세계, 달의 저편에 있는 먼 우주로부터 온 것 같은 따뜻한 손 하나가 그녀의 어깨를 가만히 감싼 것은 그때였다.

"거의 먹지 않더군요, 아스파라거스."

그래, 그건 아스파라거스였지. 나는 아스파라거스 파티에 온 거였어.

그녀는 대답할 말을 찾으려고 정신을 집중했다.

맛이 없어서 그런 건 아니었어요, 굉장히 신선하고 부드러웠죠. 잠깐 어지러워서, 아마 화이트와인 때문에.

하지만 그녀의 대답은 소리가 되어 밖으로 나오지 못했다. 목소리를 내려고 애를 써보았지만, 그녀는 단 한마디도 할 수가 없었다.

"어렸을 때, 할머니와 둘이 종종 여행을 다녔어요. 영혼이 자유로운 분이었죠. 할머니의 몸속에는 집시의 피가 흐르고 있었고, 그 때문에 평생 떠돌아다니며 사셨어요. 나를 처음 이곳에 데려온 것도 할머니였죠. 그때 할머니가 그랬어요. 이곳은 똑같은 일이 두 번씩 일어나는 도시라고."

똑같은 일이 두 번씩 일어난다는 게 무슨 뜻이에요?

그녀는 그렇게 물었지만, 여전히 소리로 나오지는 않았다.

"그래서 내가 물었죠. 똑같은 일이 두 번씩 일어난다는 게 무슨 뜻인가요? 너는 언젠가 이곳으로 다시 오게 될 거야, 할머니가 그랬죠. 여기에서 죽을 것처럼 벅찬 사랑을 두 번 할 것이고, 죽을 것처럼 행복한 순간을 두 번 맞을 것이고, 죽을 것처럼 공허한 이별을 두 번 할 거라고."

그래도 무슨 말인지 모르겠어요. 난 당신과 함께 살고 있는 당신의 여자친구를 이미 만나버렸어요. 따뜻하고 부드러운 그 목소리를 이미 들어버렸어요. 이제 와서 내가 뭘 할 수 있겠어요?

"미리 얘기했다면, 뭔가가 달라졌을까요? 그러니까…"

갑자기 그녀는 깨달았다. 이 모든 일들이 두 번째가 아니라 첫 번째라는 것을. 그에게도 또한 그녀에게도.

"당신은 언젠가 다시 이 도시로 돌아올 겁니다. 아마도 아스파라거스가 무성할 언젠가. …그러니까 이제 들어가죠. 모두들 이상하게 생각할 테니까."

몇 번의 오월이 지나갔다. 그녀는 줄곧 그 도시를 생각했다. 티켓을 끊고 슈트케이스를 들고 비행기를 타고 그곳으로 가는 자신의 모습을 상상했다. 남자의 어린아이와 같은 미소를 떠올려보며, 그 앞에서 자신이 얼마나 행복해질 수 있는지 가늠해보았다. 그녀는 그 기억을 잊지 않기 위해 처음부터 끝까지, 모든 세밀한 부분들까지 재생하고 또 재생했다.

"하지만 그 후에 너는 아무 데도 가지 않았잖아."

그의 말에, 그녀는 살짝 미소를 지으며, 화제를 돌린다.

"그런데 말이야, 난 지금도 아스파라거스가 무슨 맛인지 모르겠어."

"아스파라거스 맛이겠지."

그녀가 웃음을 터뜨린다. 그리고 그 웃음의 끝에, 들릴 듯 말 듯한 목소리로 흘러가듯 속삭인다.

"두 번째를 시작하지 않으면, 영원히 끝나지도 않잖아."

그러니까 너는 여전히 죽을 것처럼 벅찬 사랑과 죽을 것처럼 공허한 이별 사이에 있는 거야.

그는 그렇게 생각하지만, 그저 그녀를 향해 고개만 끄덕인다. 그의 초조한 마음과 소원을 모르는 꽃들과 새들이 아름다운 오월을 마음껏 음미하는 사이, 어딘가에서 여름 냄새 같기도 하고 바람 냄새 같기도 한, 어떤 향이 무심하게 흘러온다.

그건 아마도, 아스파라거스.

● ● ●
팝콘
파라다이스

●

　어두운 주차장 구석에, 그는 비에 젖은 아기 새처럼 앉아 있었다. 그런 곳에 쪼그리고 앉아 있는 사람이 있으리라고는 상상도 못 했기 때문에, 나는 그의 코앞에서 급정거했다. 헤드라이트 불빛 안에서 그가 천천히 머리를 들더니 서둘러 차에서 내린 나를 향해 천사 같은 미소를 지었다. 엔진의 공회전 소리가 텅 빈 주차장의 벽을 때리고 다시 돌아왔다. 그는 그 소리에 잠시 귀를 기울이다가 입을 열었다.

　"미안해. 갈 데가 없어."

　내가 손을 내밀자, 그는 착한 강아지처럼 자신의 손을 내 손 위에 얹었다. 그러고도 가만히 앉아 있는 그의 손을 잡아당기자, 가벼운 그의 몸이 종이인형처럼 나풀거렸다. 조수석에 그를 태우고 주차장을 빠져나올 때까지 나는 아무 말도 하지 않았다. 그는 조심스럽게 나의 눈치를 살피며 말했다.

"화났어? 미안해."

대답 대신, 나는 그의 손을 꼭 쥐어주었다.

그를 처음 만난 것은 봄이 막 끝나고 여름이 시작되려 하던 유월의 초입이었다. 그 카페는 대학가에서 조금 벗어난, 한적한 골목의 끝에 있었다. 마음에 드는 장소를 좀처럼 찾지 못하여 이리저리 헤매다가 그런 곳까지 갔는데, 지하에서 들려오는 바이올린 소리가 발목을 잡았다.

"여기 어때요?"

내 말에, 동행은 고개를 갸웃거렸다.

"여기? 지하는 별론데. 그래도 괜찮겠어요?"

몇 달 전 일 때문에 만난, 첫눈에 확 끌리지는 않았으나 어느 정도 호감은 갖고 있었던 그 사람과의 두 번째 데이트였다.

"꼭 그런 건 아니지만, 어차피 달리 들어가고 싶은 곳도 없잖아요. 조용할 것 같기도 하고."

어쩔 수 없다는 듯이 어깨를 으쓱하고, 나의 동행은 앞장서서 계단을 내려갔다. 공간은 어둡고 축축했고, 손님은 보이지 않았다. 테이블이 대여섯 개, 한쪽에 작은 무대가 있고 앰프와 보면

대, 전자기타와 드럼, 전선이 어지럽게 널려 있었다. 그리고 그가 그곳에 있었다. 누군가 들어온 것도 모른 채, 바이올린을 켜며.

"이런 곳에서 바이올린이라니."

동행은 딱히 좋다거나 싫다는 내색을 하지 않고 의자에 앉았다. 그러나 나는 무대 위의 그에게서 눈을 뗄 수 없었다. 해초처럼 부드럽게 흔들리는 머리카락, 불안하게 빛나는 눈빛, 물속을 헤엄치듯 움직이는 몸짓, 희고 긴 손가락들. 작고 연약하고 창백하고 아름다운 그가 팔을 움직일 때마다, 바이올린은 웃음을 터뜨릴 듯 울음을 터뜨릴 듯 떨며 흔들리며 전율했다. 나는 그곳에서 천사를 보았다고 생각했다. 지상에서 가장 섬세한 영혼을, 가장 완벽한 시를, 가장 부서지기 쉬운 천재를 만난 거라고 생각했다.

나는 그를 팝콘이라고 불렀다. 나한테서는 팝콘 냄새가 나, 하고 그가 말했기 때문이다. 너를 팝콘이라고 불러도 돼? 내가 말하자 그는 웃으며 대답했다.

"좋아. 그럼 나는 당신을 레몬이라고 부를래."

그 후로 몇 번인가 혼자 그 카페를 찾아갔다. 팝콘은 주문을 받고 술을 나르고 설거지를 하는 아르바이트생이었다. 손님이 모두 가고 나면 청소를 한 다음 의자를 붙여놓고 그곳에서 잤다. 가끔 피곤한 날에는 청소를 하지 않고 그냥 자버리기도 한다고, 그가 수줍게 고백했다. 바이올린을 켤 수 있는 건 손님이 없는 시간뿐이었다.

"그러고 얼마를 받아?"

내 질문에 그는 눈을 동그랗게 뜨고 이상하다는 듯 나를 보았다.

"무슨 소리야. 나 여기서 자게 해주잖아."

"밥은 어떻게 해? 뭘 먹어? 사장이 사줘?"

그가 웃음을 터뜨렸다. 초롱꽃이 웃는다면 이렇게 웃을까.

"라면. 맛있어."

그날, 집으로 돌아오며 나는 결심했다. 돈을 많이 벌겠다고. 그래서 그를 지켜주겠다고. 한 달 후에 나는 지방근무를 자원했다. 월급도 조금 많아지고, 회사에서 제공하는 숙소에서 생활하니까 생활비도 절약할 수 있고, 아는 사람이 없는 곳에 가면 돈을 쓸 일도 없을 테니까.

지방으로 내려가기 전날, 나는 팝콘에게 말했다.

"알았지? 일 년 후에 돌아올 거야. 그러니까 그때까지 여기서 기다려. 만약 어딘가 다른 곳으로 가게 되면, 사장님한테 네가 어디 있는지, 내가 어디 가면 너를 찾을 수 있는지 꼭 말씀드려야 해. 자, 약속."

그는 순순히 고개를 끄덕이고 나의 새끼손가락에 자신의 새끼손가락을 걸었다. 일 년 후 내가 다시 그 카페를 찾아갔을 때, 그곳은 PC방으로 변해 있었다. 그리고 그의 행방을 아는 사람은 아무도 없었다.

욕조 한가득 뜨거운 물을 받고 레몬 향기가 나는 거품비누를 풀었다. 보송보송한 새 수건을 꺼내어 그에게 건네주었다. 그는 잠깐 곤란한 표정을 짓더니 시선을 수건에 고정하고 말했다.

"저기, 뭐 하나 물어봐도 돼?"

"응."

"내가 목욕을 하고 나오면, 레몬은 어디론가 가버릴 거야?"

"아니. 뭐 좀 만들고 있을게. 먹고 싶은 거 있어?"

그가 환한 미소를 지었다.

"뭐든지 좋아. 라면만 빼고."

냉동실에서 닭가슴살을 꺼내어 해동시키고 감자와 양파를 썰고 사과를 갈았다. 당근이 없다는 걸 깨닫고 가게에 다녀올까 생각했지만, 그 사이에 팝콘이 나오면 불안해할 것 같아 관두기로 했다. 그 대신 양파를 하나 더 꺼내어 믹서에 넣고 갈았다. 뜨겁게 달군 냄비에 올리브오일을 두르고 닭가슴살과 감자와 양파를 볶다가 물을 붓고 끓였다. 카레가루를 풀고 갈아놓은 사과와 양파를 넣고 꿀과 우유도 조금 넣었다. 마지막으로 레몬을 반으로 잘라 즙을 짜 넣었다. 불을 낮추고 휘저으며 팝콘이 나오기를 기다렸다. 온 집 안이 카레 냄새로 가득 찰 때까지 그는 나오지 않았다. 목욕탕으로 가서 노크를 했지만 대답이 없었다.

"갈아입을 옷, 선반에 올려뒀어."

그제야 부스럭거리는 소리가 들리고 잠시 후 내 옷을 입은 팝콘이 문을 열었다.

"이거 봐, 나한테도 맞아."

그가 소맷자락을 팔락거리며 말했다.

"응, 그런데 소매가 좀 짧네."

소매에 얼굴을 묻으며 그가 말했다.

"옷에서 레몬 냄새가 나."

고개를 든 그는 킁킁거리며 덧붙였다.

"난 카레가 좋아. 아주 어릴 때 좋아했어. 하지만 그다음엔 먹어본 적이 없어."

그는 조금 걱정스러운 얼굴이 되었다.

"레몬. 내가 카레를 먹을 수 있을까?"

나는 해초 같은 그의 젖은 머리카락을 헝클어뜨리며 짧게 웃었다.

다음 날 아침, 내가 출근 준비를 하느라 집 안을 부산하게 돌아다니는데도 팝콘은 잠에서 깨어나지 않았다. 메모를 써놓고 갈까, 하다가 소파에 널브러져 있는 팝콘을 흔들었다. 으응, 으응, 하고 그가 잠투정을 했다.

"팝콘, 나 지금 회사에 갈 거야. 일어나면 밥 먹어야 해. 식탁에 차려놨어. 차가워진 건 전자레인지에 데워 먹고. 알았지?"

눈을 뜨지 않은 채, 그는 미소를 지었다.

그날 저녁, 서둘러 퇴근을 하고 집으로 돌아와 문을 열었을 때, 나를 맞이한 것은 어둠과 침묵이었다. 가슴이 덜컹 내려앉았다. 불을 켜자 소파에서 잠들어 있는 팝콘이 보였다. 식탁 위에는 내가 차려놓고 간 음식들이 그대로 놓여 있었다. 나는 그에게 다가가서 귀를 기울였다. 나지막한 숨소리가 들렸다. 마음이 놓이는 동시에 조금 화가 나서, 나는 그의 머리를 쥐어박았다. 아얏, 하고 그가 얼굴을 찌푸리더니 실눈을 뜨고 나를 바라보았다.

"뭐야. 종일 잔 거야?"

"…아니."

"아니긴. 밥도 안 먹고."

"일어났어. 그런데 레몬이 없어서 다시 잤어."

헤헤, 하고 그가 웃었다. 내가 식은 음식을 데워 식탁을 다시 차리는 동안, 그는 내 주위를 빙글빙글 돌며 헤헤, 헤헤, 헤헤, 웃었다.

하루는 한밤중에 이상한 소리가 들렸다. 고양이의 울음소리 같기도 하고 강아지가 칭얼거리는 소리 같기도 했다. 나는 침실의 문을 열고 거실로 나가 불을 켰다. 소파에서 자고 있어야 할 팝콘이 거실의 한 귀퉁이에 쪼그리고 앉아 어깨를 들썩이고 있었다. 냉장고를 열고 차가운 우유 한 잔을 컵에 따라 건네주자 그는 얌전히 받아 조금씩 마셨다. 우유 방울이 그의 입술을 타고 흘러내려 그의 옷을 적셨다.

"미안해. 나는 너무 지저분해."

눈물 자국을 눈가에 매단 채 그가 말했다.

"왜 울고 있어?"

그는 대답하지 않았다.

"무서운 꿈이라도 꾼 거야?"

그가 고개를 흔들었다.

"그럼 왜 울어?"

그는 대답 대신 자신의 두 팔을 들어 올린 다음 그것을 한참 바라보았다.

"팔이 아파?"

"응."

"왜? 어떻게 아픈데?"

"바이올린."

"바이올린?"

"바이올린을 켜고 싶어 해."

그는 두 팔을 마구 흔들고 휘저었다. 나는 가까스로 그의 팔을 잡을 수 있었다.

"그러고 보니, 너, 바이올린은 어떻게 했어?"

팝콘에게는 내 말이 들리지 않았다. 그는 나의 손을 뿌리치고 다시 팔을 들어 올려 허공에 대고 바이올린을 켜기 시작했다.

팝콘과 나는 생일이 같다. 그는 나보다 꼭 십 년 후에 태어났다.

"나, 사실은 더 일찍 태어나고 싶었어."

생일이 같다는 우연에 대해 별로 놀라지도 않고, 그는 그렇게 말했다.

"그런데 그 사람들이 나를 보내주지 않았어."

"그 사람들이라니? 어떤 사람들?"

내 질문을 모른 척하며 그는 다른 곳을 보았다. 대답하기 힘든 질문, 대답하기 싫은 질문을 받았을 때 그가 하는 행동이었다. 처음에는 달래도 보고 다그쳐도 봤지만 소용이 없었다. 지난 일 년 동안 어디에서 무얼 하며 어떻게 살았는지도, 어린 시절과 부모님에 대해서도 그는 입을 다물었다. 그래서 나는 다른 질문을 했다.

"왜 일찍 태어나고 싶었어?"

그는 그것도 모르느냐는 표정으로 나를 바라보며 대답했다.

"그야, 레몬을 빨리 만나고 싶어서지."

더 이상 말하지 않겠다는 표시로 그는 자신의 귀를 두 손으로 막았다.

그해 가을, 나는 팝콘의 생일선물로 바이올린을 사주었다. 바이올린이 든 케이스를 건네자, 그는 열어볼 생각도 않고 멍하니 바라보다가 조심스럽게 바닥에 놓았다. 그러고는 케이스에서 몇 걸음 뒤로 물러나더니, 그것이 위험한 동물이라도 되는 것처럼 겁먹은 얼굴을 하고 그 자리에 쪼그리고 앉았다.

"왜 그래? 열어봐."

그는 무릎에 얼굴을 묻고 한동안 꼼짝도 하지 않았다. 나는 당황하여 그의 어깨를 흔들었다.

"왜 그러냐니까?"

그래도 그는 고개를 들지 않았다. 고집을 부리기 시작하면 그를 이길 수가 없다. 나는 팝콘을 그대로 내버려두고 소파에 기대어 책을 읽다가 잠이 들어버렸다. 눈을 뜨자 팝콘이 나를 내려다보고 있었다. 나는 몸을 일으키고 그의 손을 잡아끌어 옆자리에 앉혔다.

"바이올린을 켜고 싶어 했잖아."

"응."

"그런데?"

"저기, 레몬은 나를 떠날 거야?"

"무슨 소리야. 그게 바이올린이랑 무슨 상관이 있는데."

"떠날 거야? 언젠가는 떠날 거지?"

"안 떠나."

"약속할 수 있어?"

"약속해."

그제야 팝콘은 웃었다. 그리고 그때까지 바닥에 그대로 놓여 있던 바이올린 케이스를 향해 뛰어갔다. 잠시 후, 그가 탄성을 질렀다.

"어떻게 알았어? 이거 내가 갖고 싶었던 거야."

"잘됐네. 그런데 왜 그런 약속을 하고 싶었어?"

그는 잠시 망설이다가 바이올린을 꼭 끌어안고 말했다.

"레몬이 떠나면, 바이올린을 볼 때마다 슬퍼지잖아. 그런 건 싫어."

그날 저녁, 나는 커다란 냄비 하나 가득 팝콘을 튀겨주었다. 그는 냄비를 들고 온 집 안을 뛰어다니며 팝콘을 뿌렸다.

"여긴 팝콘 파라다이스야!"

하지만 어쩌면 파라다이스라는 건, 우리가 어떻게 할 사이도 없이 문득 끝나버릴지도 몰라. 너는 아직 그걸 모르지. 마지막 순간까지 몰라야 해. 그래서 나는 약속을 하는 거야. 우리는 헤어지지 않을 거라고. 너와 나는 영원히 함께 있을 거라고. 언제 무너질지 모르는 불안한 행복은 너와 어울리지 않으니까. 너는 약속을 믿으니까. 약속이란 한 조각 유리처럼 산산조각 날 운명을 가지고 있다는 것을 모르니까. 그래, 나는 너를 떠나지 않을 거야. 떠나지 않으면 안 될 그때가 올 때까지.

다음 날도 그다음 날도, 집 안을 걸어 다닐 때마다 팝콘이 밟혔다.

모든 여자들은 모성애를 가지고 태어난다는 이야기를 나는 믿지 않는다. 적어도 나에게는 해당사항이 없는 이야기다. 그러니까 내가 팝콘을 지켜주겠다고 생각한 것은, 내가 그에게 모성애를 느꼈기 때문이 아니다. 팝콘은 약하고 어리고 혼자서는 아무것도 못 하는 아기와 다름없었지만, 나 역시 불완전하고 종종 어리석은 일을 저지르는 인간이기 때문에, 다른 사람을 보살피고 책임질 만한 여력 같은 건 없었다. 한 인간이 다른 인간을 구원한다거나 그의 인생을 인도하는 건 불가능한 일이라고 나는 생각한다.

그렇다고 내가 팝콘에게 이성으로서의 매력을 느낀 것도 아니었다. 나이 차이가 많이 나기도 했지만, 만약 그가 나보다 먼저 태어났어도 그랬을 것이다. 팝콘을 남성 또는 여성, 어느 한쪽으로 분류하는 건 힘든 일이었다. 남성 또는 여성이 가지고 있는 보편적인 특질 중의 무엇 하나도 그와 어울리지 않았다. 나는 종종 그가 사람이 아닐지도 모른다고 생각했다. 솔직히 말하자면, 천사가 틀림없다고 생각했다. 그리고 누군가, 어떤 절대적인 존재가, 그를 잠시 나에게 맡겨둔 것이라고 믿었다. 내가 왈가왈부할 수 있는 문제가 아니었다. 어쩌면 절대자는 그를 돌보게 하기 위해 나를 만들었을지도 모르니까.

그날은 몹시 피곤한 하루였다. 출근을 하는 길에 차에 이상이 생겨 카센터에 맡기느라 지각을 한 데다가, 아침부터 미팅이 줄줄이 잡혀 있었고, 부장은 부부싸움이라도 했는지 온종일 말도 안 되는 트집을 잡았다. 아홉 시가 넘어서야 퇴근을 했는데, 비까지 내리기 시작했다. 택시를 잡으려고 삼십 분쯤 서 있었지만, 차들은 빗물을 튀기며 스쳐 지나갔다. 나는 어쩔 수 없이 전철역으로 걸어가서 시금털털한 냄새를 풍기는 전철을 타고 집으로 돌아왔다. 집에 도착했을 때 온몸은 흠뻑 젖어 있었다.

벨을 눌렀지만 팝콘은 나오지 않았다. 그는 좀처럼 외출을 하지 않기 때문에, 나는 그가 목욕을 하고 있거나 잠이 들었을 거라고 생각하고 열쇠로 문을 열었다. 집 안의 모든 불이 환하게 켜져 있었고, 그 불빛 아래 난장판이 된 풍경이 드러났다. 싱크대와 식탁 위에는 형체를 알아볼 수 없는 갖가지 음식물들과 포장지가 마구 뒤섞여 있었고 바닥은 온통 흘러내린 기름과 물로 미끈거렸다. 그리고 팝콘은 그 속에 주저앉아 있었다. 금방이라도 쓰러질 것처럼 피곤했던 나는 대뜸 화를 냈다.

"이게 다 뭐야? 이렇게 어지럽히면 어떻게 하란 거야? 종일 일하고 돌아온 사람 생각도 해야지!"

팝콘은 깜짝 놀라 고개를 들고 나를 보았다. 그런 반응은 전혀 예상하지 못했다는 표정을 하고, 내가 화를 내는 이유에 대해 말해주기를 기다렸다. 하지만 나는 무시해버렸다. 신경질적인 동작으로 내가 집 안을 치우는 동안, 그는 꼼짝도 않고 그 자리에 앉아 있었다.

"일어나. 바닥, 닦아야 해."

팝콘은 몹시 슬픈 얼굴을 하고 일어나서 베란다로 나갔다. 내가 정리를 마치고 목욕탕으로 들어갈 때까지, 그는 돌아오지 않았다. 욕조에 몸을 담그고, 나는 조금 울었다. 마음속에 우물처럼 깊고 캄캄한 구멍이 생긴 것 같았다. 한 시간쯤 그러고 있다가,

몸을 닦고 머리카락을 말리며 거울을 보았다. 웃어야 해. 미소를 지어봤지만 찡그린 표정이었다.

목욕탕을 나왔을 때도 팝콘은 여전히 등을 돌린 채 베란다에 서 있었다. 어떻게 하나. 잠시 망설이는데 식탁 위에 작은 접시 하나가 놓여 있는 게 눈에 들어왔다. 접시 위에는 노란 색깔의 푸딩처럼 생긴 것이, 그러나 이상한 모양으로 찌그러진 어떤 것이 있었다.

티스푼으로 그것을 한 숟갈 떠서 입에 넣어보았다. 짜고 달고 매콤하고 텁텁한, 도무지 삼키기 힘든 맛이, 푸딩처럼 생긴 것에서 났다. 나는 베란다로 가서 팝콘의 팔을 가만히 잡았다. 그는 선선히 몸을 돌렸다.

"네가 만든 거야?"

"응."

"왜 만들었어?"

"얼마 전에, 레몬 생일이었는데, 아무것도 못 해줘서."

"…미안해. 그것도 모르고."

"레몬은 그러면 안 돼."

"정말 미안해."

"나도 잘하고 싶었지만, 어쩔 수가 없었어. 나는 여기 사람이 아니잖아."

차분한 목소리로 그가 말했다.

"…미안해."

해초 같은 그의 머리카락이 달빛 안에서 버터색으로 빛났다.

"누군가를 좋아하면 미안해지는 거야. 해주고 싶은데 해줄 수가 없어서. 나는 레몬한테 늘 미안한걸. 그런데 레몬, 그거, 먹을 거야? 먹을 거지?"

나는 그의 손을 잡고 거실로 돌아와 식탁 앞에 앉았다. 그리고 팝콘이 지켜보는 가운데, 푸딩처럼 생긴 그것을 다 먹었다. 눈물 맛이 나, 생각했지만 그에게 말하지는 않았다.

"그런데 너는? 네 몫은 없어?"

접시를 비우고 그에게 묻자, 그가 해맑게 웃으며 대답했다.

"정말 이상한 맛이었는걸. 난 레몬이 해주는 음식이 좋아."

"…배고파?"

"응."

냉장고를 뒤져보았지만 남아 있는 재료가 거의 없었다. 나는 냉동실에 보관해둔 베이글을 꺼내어 오븐에 굽고 크림치즈를 바른 다음 구운 양파와 슬라이스한 사과 한 조각을 끼워 넣어 우유와 함께 팝콘에게 주었다. 그는 천천히 다 먹고 나서 한참 동안 손가락을 빨았다.

내 휴대폰에 저장된 메시지가 몽땅 지워진 건 팝콘이 우리 집에 머물기 시작한 지 한 달쯤 지났을 때였다. 출근을 하는 버스 안에서 누군가에게 문자 메시지를 보내려다가 수신함과 발신함이 모두 텅 비어 있다는 것을 알게 되었다. 어떻게 된 거야, 실수로 버튼을 잘못 누른 걸까, 생각하다가 어젯밤 팝콘이 내 휴대폰을 만지작거렸다는 사실이 떠올랐다.

그날 저녁, 팝콘에게 내 휴대폰의 메시지들을 다 삭제했느냐고 묻자, 그는 순순히 고개를 끄덕였다.

"왜 그랬어? 뭘 잘못 누른 거야?"

화를 내지 않으려고 애쓰며, 내가 물었다. 그는 대답을 할까 말까 잠깐 고민하다가 귀를 틀어막는 대신 내 옆자리에 앉았다.

"레몬은 너무 착해. 너무 착한 여자들은 나쁜 남자를 만나거나 남자를 나쁘게 만들어."

"무슨 소리야?"

"포켓볼하고 같은 거야. 내 차례가 왔을 때 공을 집어넣지 못하면 상대도 넣지 못하도록 포지션을 만들어야 해."

나는 멍하니 그를 바라보았다.

"그런데 레몬은 자꾸 상대가 공을 집어넣기 좋도록 해줘. 그러니까 항상 지는 거야."

"수신함과 발신함에 들어 있는 메시지를 전부 본 거야?"

"날짜와 시간도 중요해. 레몬은 항상 기다려. 그런데 그 사람이 레몬을 기다리게 만드는 게 아니라, 스스로 불리한 포지션을 택하기 때문이야."

나는 화를 내는 대신, 그를 타이르기로 했다. 물론 그를 이해시킬 수 있을 거라는 확신은 전혀 없는 채로.

"다른 사람의 휴대폰을 보는 건 예의가 아니야. 나한테도 사생활이 있고, 넌 그걸 존중해줘야 해."

"어째서 다른 생활이 필요한데?"

더 이상 대답할 말도, 이해시킬 의지도 남아 있지 않았다. 어차피 어떻게 되어도 상관없다는 생각이 들었다. 팝콘과 함께 지내게 된 이후부터, 그를 제외한 다른 사람들과의 관계가 종종 무의미하게 느껴지곤 했다. 그래도 마지막 끈을 놓지 않으려 했지만, 아무려면 어때. 그의 말이 맞았다. 팝콘이 아닌 다른 사람, 팝콘과의 생활이 아닌 다른 생활이 나에게 존재할 이유는 없었다. 나의 삶은 하나의 초점으로 모아지고 있었고, 어떤 식으로든 곧 완결될 거라고 나는 예감했다.

눈을 감고 소파 깊숙이 몸을 기댔다. 그의 숨결이 아주 가까이서 느껴졌지만 나는 아무 말도 하지 않았다.

"레몬의 속눈썹이 참 예뻐. 만져봐도 돼?"

"안 돼."

"하지만 이건 레몬의 것이 아니잖아."

"무슨 소리야."

"레몬의 것이 아니라 그분의 것이야. 세상의 모든 아름다운 것들은 다 그분이 만든 거야. 그분이 만든 건 다 내 거야. 그러니까 나는 아름다운 것들을 다 가질 수 있어."

아이스크림처럼 차고 부드러운 손이 나의 속눈썹에 닿았다. 조금 간지럽고 많이 아팠다.

팝콘은 사람들을 무서워했고, 그래서 집 밖으로 한 발자국도 나가지 않았다. 예전에는 안 그랬잖아, 물어도 그는 대답을 하지 않았다. 답답하지 않니, 집에만 있으면. 어디든 가고 싶은 곳이 있으면 얘기해봐. 그날 아침, 나는 그렇게 말했고 팝콘은 곰곰이 생각하더니 바다라면 한 번쯤 보고 싶은데, 라고 대답했다. 마침 주말이어서, 서둘러 퇴근을 하고 집으로 돌아가다가 전화를 걸었다.

"나, 지금 들어가는 길이야. 바다에 갈 거니까, 가지고 가고 싶은 것이 있으면 미리 가방에 넣어둬."

"응. 그런데 레몬, 아까 어떤 사람이 전화를 했어."

"전화? 집으로?"

"응. 계약이 어쩌고 그랬어."

"계약? 무슨 계약? 아니 그보다 너한테 전화를 한 거야? 나를 찾은 게 아니라?"

"응. 앨범을 내고 콘서트를 열 거래. 난 바이올린만 켜면 된대."

"누가 전화를 했는데?"

"몰라."

"전화번호를 어떻게 알았대? 네가 거기 있는 건?"

"몰라."

"이름은 적어뒀어? 전화번호는?"

"적으라고 해서 적었어."

"…일단 집에 가서 얘기하자."

"빨리 올 거야?"

"빨리 갈 거야."

전화를 끊고 액셀러레이터를 밟았다. 그때 전화가 울렸다. 팝콘이 뭔가 할 말을 빠뜨린 건가, 하고 휴대폰을 드는데 대형 화물차가 갑자기 끼어들었다. 나는 본능적으로 핸들을 돌렸고, 내 차는 가드레일을 무너뜨린 후 시속 120킬로미터의 속도로 강의 바닥을 향해 떨어졌다.

끝이라는 건 내가 상상하는 것보다 훨씬 단순한 어떤 것일 거라고 늘 생각했다. 그건 어떤 전조도 없이 불현듯 올지도 모른다고, 그러나 그게 진짜 끝이라면 그쪽이 차라리 나을 거라고 생각했다. 끝나가고 있다는 것에 대한 절망 때문에 괴로워할 시간조차 없는 쪽이. 나의 끝은 정말로 그랬다. 겨우 마지막 질문을 할 정도의 시간만 남아 있다는 것도, 하지만 대답을 들을 시간은 없을 수 있다는 것도, 나는 알고 있었다.

"그 아이는 내가 없어도 살 수 있나요?"

그는 말이 없었다.

"제가 할 수 있는 일은 이제 없는 건가요?"

그는 여전히 대답이 없었다.

"당신은 그 아이가 이야기한 그분인가요?"

그는 점점 투명해지더니 사라져버렸다. 나의 몸도 점점 투명해지고 있었다. 저 멀리 내가 두고 온 세상에 하얀 눈발이, 하얀 팝콘처럼 흩날리고 있었다. 온몸의 감각이 차례로 사라지고 목소리도 더 이상 나오지 않았지만, 온 세상에 가득 찬 팝콘의 냄새는 맡을 수 있었다. 마지막 숨을 고르며 나는 팝콘이 언젠가 했던 이야기를 기억해냈다.

"그거 알아? 처음에는 눈에 보이는 것이고 다음에는 귀에 들리는 것이고 마지막은 향기야. 레몬에게는 레몬 향기가 나. 난 레몬이 좋아. 미안해."

●　●

라임 라이더

●

"사랑해."

그가 말했을 때, 나는 하늘에 그림처럼 박힌 달을 보고 있었다.
그가 미소를 지었고, 나도 미소를 지었다.

"바래다줘서 고마워."

돌아서는 내 등에 대고, 전화할게, 그가 말했다.

내 마음속의 팽팽한 현 하나가 툭, 하고 끊어졌다. 다시 그를
만날 일은 없을 거야. 냉장고를 열고 우유를 꺼내는데, 갑자기 화
가 났다. 어째서 남자들은 모든 것을 한순간에 엉망으로 만들어
버리는 걸까.

컴퓨터를 켜고, 그의 이니셜이 붙은 파일을 찾았다. 그를 처

음 만난 날부터 지금까지, 5개월 동안의 기록이 그 안에 담겨 있었다. 파일을 끌어다가 휴지통에 집어넣었다. 그랬다가 다시 꺼냈다. 마지막으로 한 번은 읽어야 하지 않을까. 어찌 되었거나 그 5개월 동안, 나는 가끔 행복하다고 생각했으니까. 그렇게 마음을 다잡고, 울리는 전화벨 소리를 무시한 채, 마른 입술을 축여가며 그 기록을 다 읽고 나자, 눈물이 흐르기 시작했다.

나는 나를 과대평가했다. 사랑을 과소평가했다. 어쩌자고 이토록 순진하게, 이것이 사랑일 수도 있다고 믿었을까. 어쩌다가 이토록 순식간에, 식어버린 마음을 가지게 되었을까. 사랑이 나의 마음을 찢어놓는 일은 이제 없을지도 모른다고 생각하니, 마음이 무너질 것 같았다. 나는 사랑을 하여 마음이 아픈 것이 아니라, 섣불리 사랑을 얻으려 했던 내가 가엾어, 울었다.

그리고 당신, 당신에게는 사랑이 그렇게 쉬운 것이었나. 주고받은 미소, 즐겁게 나누었던 대화, 한밤중의 긴 통화, 적당한 스킨십, 5개월이라는 시간, 그 모든 것을 저울에 달아본 후 알맞은 시점을 골라 사랑해, 라고 이야기한 그로 인해, 나는 나 자신조차 싫어질 것 같았다. 그의 사랑해, 에는 어떤 무게도 깊이도 없었다. 훅, 입김을 불면 날아가버릴, 종이 한 장보다 가벼운 사랑해, 였다.

그건 사랑에 대한 예의가 아니야, 나는 중얼거렸다. 사랑은 좀 더 무겁고 깊은 무엇이어야 한다. 사랑은 우리에게 속해 있는 것이 아니라, 우리보다 무겁고 깊은 무엇의 중심에 존재해야 한다. 사랑은 우리의 힘과 의지로 시작하거나 유지하거나 끝낼 수 있는 것이 아니다. 누군가를 사랑하느냐 마느냐는 우리가 결정하는 문제가 아니다. 사랑은 완벽하기 때문에, 완벽하지 못한 우리가 그 단어를 사용한다는 것은 사랑을 모욕하는 일이다.

그러니까 누군가 나에게 사랑해, 라고 말하는 일은 있을 수 없어. 일어나서는 안 되는 일이야.

나는 그의 이니셜이 붙은 파일을 버리고, 휴지통을 깨끗이 비웠다.

차가운 공기를 마시고 싶어 옥상으로 올라간 건 새벽 한 시 즈음이었다. 오밀조밀한 집들이 서 있는 동네가 유난히 밝은 달빛 아래 고스란히 드러났다. 몇몇 집들이 아직 불을 밝히고 있었고, 그 불빛들 때문에 나는 다시 마음이 아파졌다. 빛나는 것들, 따뜻한 것들, 부드러운 것들은 마음을 물결치게 하고 그 안에 숨어 있는 슬픔을 끌어낸다.

한숨을 쉬고 막 돌아서려는데, 맞은편 옥상에서 반짝, 하고 빛이 났다. 처음에는 그게 무엇인지 몰랐다. 반짝반짝 규칙적으로 빛을 내기 시작한 그것은 타원형의 둥근 공 모양이었고, 달빛 아래 드러난 색깔은 초록색이었으며, 표면은 울퉁불퉁한, 그러니까

이를테면, 커다란 라임처럼 보였다. 사람 하나가 들어갈 수 있을 만큼 거대한 라임이, 바로 맞은편 건물 옥상에서, 반짝반짝 빛을 내고 있는 것이다.

세상에 저렇게 커다란 라임이… 있을 리가 없잖아. 게다가 빛을 내다니.

상심한 나머지 헛것을 보고 있는 거라고 생각하고 나는 눈을 감았다. 감았다 뜨면 사라져 있을 거라 믿었다. 그러나 눈을 떴을 때 내가 본 것은, 라임 속에서 걸어 나오고 있는 한 남자였다.

"건너와요!"

헬멧을 벗고 손가락으로 머리카락을 헝클어뜨리던 남자가 나를 발견하고, 손을 흔들며 소리쳤다.

밤이 깊을수록 달빛은 점점 밝아졌다. 옥상 한쪽에 놓인 커다란 라임은, 도무지 인정할 수 없었지만, 향기까지 나는 진짜 라임이었다. 남자는 투명한 유리잔 하나를 내밀었다. 달빛 또는 호박색을 띤 액체가 그 안에서 출렁이고 있었다.

"어떤 술을 좋아하는지 몰라서. 보드카로 시작하죠. 무미, 무취니까. 약하게 탔습니다."

보드카에 무엇을 탔는지 먼저 물어봐야 하나, 아니면 왜 옥상에 라임 같은 게 있는지, 아니 그보다 라임이 이렇게 클 수도 있는

라임 라이더

건지, 아니 어째서 라임에서 걸어 나온 건지… 질문의 순서를 고르다가 머리가 복잡해진 나는 한숨을 쉬면서 남자가 내민 액체를 한 모금 마셨다. 라임 향기가 입 안 가득 퍼졌다. 아, 라임주스에 보드카를 섞은 칵테일이구나, 적어도 한 가지 의문은 해소되었다고 생각하자, 어쩐지 마음이 놓였다. 다른 문제도 곧 해결되겠지, 나는 스스로를 격려하며 찬찬히 라임을 바라보았다.

"화이트와인, 위스키, 코냑, 진, 테킬라, 럼, 마라스키노도 있습니다. 모두 라임과 잘 어울리죠. 마음껏 드세요. 사과의 뜻으로 준비한 거니까."

"사과…라니요?"

"그렇게 될 일이 아니었는데, 제가 별 하나를 잘못 건드리는 바람에. 물론 고의는 아니었습니다. 라임이라는 게 어디로 튈지 모르는 거라서. 타원형이잖아요. 상당한 주의를 기울이지 않으면 제멋대로거든요."

사라진 의문은 한 가지인데, 또다시 수백 개의 의문이 들이닥쳤다. 수백 개의 라임이 머릿속에서 제멋대로 굴러다니고 있었다. 과연, 그것들이 어디로 튈지 나는 짐작도 할 수 없었다.

"구경하실래요?"

남자가 라임을 가리키며 말했다. 나는 멍청한 표정으로 고개를 끄덕이고, 칵테일을 한 모금 더 마셨다.

초록색 라임의 문을 열자, 초록색 내부가 모습을 드러냈다. 당연하게도 라임의 내부는 타원형이었는데, 기이하게도 몇 개의 가구들이 여기저기 놓여 있었다. 놓여 있어야 할 만한 자리에 놓여 있는 게 아니라 마치 '즐겁게 춤을 추다가 그대로 멈춘' 것처럼, 아무렇게나. 더욱 기이하게도, 나는 그 풍경이 낯설지 않았다. 그건 마치 내가 익히 알고 있는 어떤 풍경을 퍼즐로 만든 다음 마구 뒤섞어놓은 것 같았다. 나는 가구들을 하나하나 살펴보았다. 서랍이 달린 나무로 만든 테이블 하나, 노란색 의자 둘, 몇 개의 그림액자, 초록색 창, 그리고 역시 나무로 만들어진 침대 하나.

"고흐네요!"

아를의 침실, 반 고흐의 그림 속에 있던 가구들이었다. 남자가 빙긋 웃었다.

"그런데 여기서 뭘 하는 거죠? 고흐의 침실이 들어 있는… 라임 안에서?"

"날아다니는 거죠. 이걸 타고."

"날아…다녀요?"

"난 라임 라이더거든요."

라임 라이더, 그것이 남자의 직업이었다. 직업이라는 말은 어울리지 않지만, 최소한 취미는 아닌 거니까. 일주일에 한 번이나 두 번 정도, 그는 라임을 타고 우주를 날아다닌다고 했다. 길을 잃고 헤매는 별들을 찾아 원래의 자리로 안내해주는 것이 그의 임무였다. 그 과정에서 가끔 작은 실수가 일어나기도 한다고, 그는 말했다.

"어제처럼요. 며칠 전에 갓 태어난 별 하나가 무리에서 떨어지는 바람에, 꽤 고생을 했거든요. 그 별을 찾아서 데리고 오다가, 그만 다른 별을 건드리고 말았죠. 궤도에서 아주 조금 이탈을 했기 때문에 별 스스로도 못 느꼈을 겁니다. 돌려놓기에는 시간이 너무 늦어버려서. 밤이 끝나가고 있었거든요."

뭐가 뭔지 알 수 없었지만, 내가 이해할 수 있는 것만 이해하기로 했다.

"그게 저랑 무슨 상관이 있나요?"

"모든 사람은 모든 별과 상관이 있죠. 별의 움직임과 방향, 늘어서 있는 모양과 순서, 빛의 밝기와 속도, 이런 것들이 우리에게 영향을 미치거든요. 물론 어떤 별이 어떤 사람에게 어떤 식으로 관여하는지, 그것까지는 나도 모릅니다. 알아서도 안 되고. 만약 알게 되면, 누군가를 위해 특정한 별을 움직일 수도 있으니까. 어제 내가 건드린 별이 당신과 관계가 있다는 것도, 몇 시간 전까지 몰랐습니다. 당신이 집 앞에서 그 사람과 헤어지는 모습을 보기 전까지는."

"그쪽이 그 별을 건드렸기 때문에 내가 그 사람과 헤어졌다는 건가요?"

"미안합니다. 며칠만 기다려주십시오. 그 별을 원래 자리로 돌려놓을 테니까."

나는 다시 한숨을 쉬고, 보드카와 라임주스를 섞어 만든 칵테일을 마저 마셨다.

화이트와인과 라임주스, 위스키와 라임주스, 코냑과 라임주스, 진과 라임주스, 테킬라와 라임주스, 럼과 라임주스, 그리고 마라스키노와 라임주스 칵테일을 모두 맛보고 나서, 내가 말했다.

"그 별, 되돌려놓지 않아도 괜찮아요."

남자는 아무런 대답도 하지 않았다.

"어차피 처음부터 그렇게 될 일이었을 거예요. 어쩌면 그렇게 될 거라고 나도 이미 알고 있었을 거예요. 그보다, 라임을 타고 날아다니는 이야기나 더 해줘요. 그런 일을 하는 사람이 또 있나요?"

그는 코냑과 라임주스 칵테일을 한 잔 더 만들면서, 천천히 입을 열었다.

"아마 그럴 겁니다. 나 혼자 할 수 있는 일이 아니거든요. 하지만 어떤 사람들인지는 몰라요. 구역이 정해져 있기 때문에 부딪힐 일도 없고."

"그 일을 하고 싶다고 지원하는 건가요? 아니면…"

라임 라이더

남자가 하하하, 하고 웃음을 터뜨렸다. 무척 기분 좋은 웃음 소리였다.

"그럴 리가요. 광고를 낼 수 있는 일도 아니고. 좀 설명하기 어렵지만, 일종의 의무 같은 겁니다. 내가 한 어떤 행위나 내가 처한 어떤 상황 때문에 정해진 기간 동안 그 일을 해야 하는 것이죠."

"무슨 말인지 모르겠어요."

내 말에, 남자는 난감한 듯 라임을 빤히 바라보았다. 마치 라임이 자신을 대신하여 대답해주기를 기대하는 것처럼. 하지만 그런 일은 일어나지 않았다.

"그쪽이 어떤 행위를 했고 어떤 상황에 처했는데요?"

"말하자면… 사랑을 했어요. 난 사랑이라고 생각했지만 사실은 내 생각만 했던 거죠. 그래서 누군가의 마음을 아주 많이 아프게 했고."

"그래서요?"

"누군가를 행복하게 해줄 준비가 될 때까지 이 일을 해야 하는 겁니다. 일을 그만두게 되는 경우가 한 가지 더 있는데, 그건 자신의 별을 발견했을 때죠."

"그건 좀 곤란하겠네요. 임의로 그 별을 움직일 수 있을 테니까요."

"하지만 말했듯이, 별을 어떻게 움직여야 나한테 유리한 건지는 몰라요. 게다가 그 별 자체의 움직임보다, 그 별과 다른 별들의 상호관계가 더 중요합니다. 전체의 그림을 봐야 하는 거죠. 별들 사이의 거리, 각도, 흐름, 중력, 속도, 이 모든 것들이 총체적으로 작용하여 영향을 미치는 것이니까. 그래도 막상 자신의 별을 발견하게 되면, 어떤 식으로든 좋은 방향으로 움직여보고 싶다는 생각이 들지 않겠어요?”

“그쪽이 건드린 그 별이 저에게 영향을 미쳤다는 건 어떻게 알았어요?”

“봤으니까.”

“네?”

“그날 밤, 당신이 집 앞에서 그 사람과 헤어질 때, 보고 있었거든요. 여기서. 처음에는 몰랐는데, 갑자기 알게 됐어요. 캄캄한 곳에서 전구가 하나 켜지는 것처럼, 반짝, 하고.”

남자의 입을 통해 그 이야기를 듣자 좀 우울해졌다. 더 이상 떠올리고 싶지 않은 기억이었다. 나는 화제를 바꾸었다.

“그런데 어째서 라임의 내부가 고흐의 그림과 같은 건가요?”

“아, 그게 재미있는 부분인데요, 라임 라이더가 고르게 되어 있거든요. 취향에 맞게. 아무래도 자기가 탈 라임이니까요.”

“가구들이 아무렇게나 놓여 있는 건 왜죠?”

“날아다니다 보면 그렇게 돼요. 처음에는 어떻게든 제자리에 놓아보려고 애를 쓰지만, 곧 포기하게 되죠."

"뭐든지 가능해요? 그러니까, 라임의 내부를 꾸밀 때…"

"가능합니다."

만약 내가 라임 라이더가 된다면, 나는 어떤 풍경으로 라임의 내부를 채우고 싶어질까?

"어떻게 하고 싶습니까?"

내 생각을 읽어낸 듯, 남자가 말했다.

"음. …작은 나무 테이블 하나, 작은 나무 침대 하나, 나무 의자 하나, 창과 액자…"

"고흐군요."

"고흐예요."

우리는 동시에 미소를 지었다. 그가 나를 향해 미소를 지었기 때문에 내가 그를 향해 미소를 지은 것이 아니라, 자연스럽게, 본능적으로, 똑같은 방식으로 짓는 미소였다.

다음 날 새벽 한 시에 옥상으로 올라가, 맞은편 옥상을 바라보았다. 하지만 라임은 없었다. 어쩌면 남자는 지금 라임을 타고 날아다니며 길 잃은 별들을 찾고 있는 건지도 몰라. 그렇게 생각하고 돌아서는데, 내가 있는 옥상으로 올라오고 있는 그가 눈에 들어왔다.

"이 말을 꼭 해야 할 것 같아서."

가쁜 숨을 고르며 그가 말했다.

"그들이 라임을 가져갔어요. 이제 내 임무는 끝난 거죠."

"왜요?"

성급히 질문하면서 나는 그가 해준 이야기를 떠올려보았다. 라임 라이더를 그만두게 되는 경우는 두 가지, 하나는 그가 다른 사람을 행복하게 해줄 준비가 되었을 때, 다른 하나는 그가 자신의 별을 발견했을 때. 그런데 어젯밤까지, 그는 자신의 별이 어느 것인지 모르고 있었다. 우연히 나의 별을 발견했을 뿐인데.

"어느 쪽인가요? 그러니까, 그 두 가지 경우 중에서…"

이상하게도, 나의 목소리가 노랫소리처럼 들렸다. 이제 곧 찾아올 행복을 기다리며 잔뜩 설레고 있는 아이가 크리스마스이브에 캐럴을 부르는 목소리.

"그게, 사실은 나도 모르겠어요. 그쪽에서도 이야기해주지 않았고. 생각해봤는데…"

남자는 약간 망설이다가 말을 이었다.

"내가 건드린 그 별이, 어쩌면 내 별이었는지도 모르겠어요."

크리스마스 선물 상자 속에 내가 기대했던 선물 대신 다른 선물이 들어 있을 때 이런 기분이 될까. 나는 마음을 들키지 않으려고 재빨리 대답할 말을 생각해냈다.

—
라임 라이더

"하지만 그 별 때문에 내가 그날, 그 사람과 헤어진 거라고…"

그가 신중하게 고개를 끄덕이며, 조금 낮은 목소리로, 천천히 말했다.

"당신의 별과 내 별이 서로에게 영향을 미치기 때문에 그렇게 된 게 아닐까요. 아마, 그럴 겁니다."

그가 나의 눈을 보았고 나는 그의 눈을 보았다. 이제 막 무엇인가가 시작되었다는 것을, 아니 어쩌면 우리가 태어나기도 전에 시작된 무엇인가가 이제 막 우리의 손에 쥐어졌다는 것을, 우리 둘 다 느끼고 있었다.

지금 내 방에는 고흐의 자화상이 걸려 있다. 그의 라임을 가져간 이들이, 라임 안에 있던 물건 중 하나 정도는 가져도 좋다고 했을 때, 그는 고흐의 자화상이 담긴 액자를 골랐다. 우리는 가끔 그림을 보며, 그가 라임 라이더였을 때의 추억을 이야기한다. 그가 매일 저녁 집으로 돌아오는 나를 지켜보았다는 이야기, 깊은 밤까지 꺼지지 않았던 내 창의 불빛이 그를 쓸쓸하게 만들었다는 이야기, 길 잃은 별을 발견할 때마다 혹시 그 별이 나의 별이 아닐까 생각했다는 이야기, 만약 나의 별을 발견한다면 내가 행복해질 수 있도록 그 별의 방향을 바꾸고 싶었다는 이야기.

그는 나에게 사랑해, 라는 말을 하지 않는다. 우리는 그 말을 사용할 수 없다는 것을, 그도 알고 있기 때문이다. 대신 그는 이렇게 말한다.

"나는 당신을 라임해."

그 말을 들을 때마다 나는, 이 무한한 우주 속에서 우리가 서로를 찾아낼 수 있었던 기적과 우리를 위해 무한의 우주가 쓴 완벽한 시나리오를 떠올린다. 그 말은, 우리가 무한한 우주의 무한한 사랑을 받아들였으며 그것에 기쁘게 복종하겠다는 맹세다. 그래서 나는 그에게 이렇게 대답한다.

"나도 당신을 라임해."

●●●

아보카도
아지트

평생 한 번 있을까 말까 한, 믿어지지 않을 정도로 운이 좋은 날이었다. 눈을 뜨기도 전에 그는 그 사실을 깨달았다. 그의 감이 다른 사람에 비해 뛰어나다고 할 수는 없다. 오히려 조금 무딘 쪽이라는 게 정확하다. 그러나 그는 그날 하루에 대해 완벽한 신뢰를 가지고 눈을 떴다. 라디오를 켰을 때 모든 게 선명해졌다. 그가 가장 좋아하는 브람스의 「도이치 레퀴엠」이 막 시작되고 있었기 때문이다. 아침 시간에는 좀처럼 듣기 힘든 곡임에도 불구하고.

그는 언제나 레퀴엠을 좋아했다. 레퀴엠이야말로 작곡가가 모든 재능을 쏟아부어 만들어내는, 일생일대의 역작이라고 믿었다. 거기에는 재능과는 별개의 어떤 것, 이를테면 우리가 인식할 수 있는 삶과 미지의 죽음을 관통하는 범우주적인 것의 실체, 다시 말해 이 세계가 아닌 다른 세계에 속해 있는, 경외로 가득한 실상이 있는 거라고 그는 확신했다. 그는 크리스천이 아니었지만, 히브리서 11장 1절에 기록된 '믿음은 바라는 것들의 실상이요 보지 못하는 것들의 증거니'라는 구절을 무척 좋아했는데, 레퀴엠의 본질이야말로 그런 것이라고 친구들에게 종종 얘기하곤 했다.

브람스가 그의 스승 슈만의 죽음을 위해 작곡한, 그리고 완성하는 데 십 년이 걸린 「도이치 레퀴엠」의 제1곡 「애통한 자는 복이 있나니」를 지나 제2곡 「모든 육체는 풀과 같고」에 이르렀을 때, 그의 창가로 새들이 날아와 노래를 부르기 시작했다. 그가 만든 커피는 전날과 같은 원두를 사용했음에도 불구하고, 남은 생애 동안 기억해도 좋을 만큼 훌륭했다. 제3곡 「여호와여 나의 종말과 연한의 어떠함을 알게 하사」와 제4곡 「주의 장막이 어찌 그리 사랑스러운지요」가 흘러나오는 동안, 그는 살갗이 얼어붙을 정도의 차가운 물로 샤워를 했다. 샤워기로 쏟아져 내리는 물에서는 풀 냄새가 났다. 제5곡 「지금은 너희가 근심하나」와 제6곡 「이 지상에 영원한 도성은 없고」를 들으며 그는 오븐의 예열 버튼을 누르고 냉장고에서 베이글을 꺼냈다. 냉동실에는 그가 가장 좋아하는 플레인 베이글 하나가 남아 있었다. 지난 며칠 동안 먹어치워야 했던 어니언 베이글과 블루베리 베이글의 지긋지긋한 맛을 떠올리며, 플레인 베이글의 고소함을 머금고 그는 미소를 지었다.

라디오에서는 이제 「도이치 레퀴엠」의 마지막 곡 「주 안에서
죽는 자들은 복이 있도다」가 흐르고 있었다. 그는 거울 앞에 서서
어두운 그린색의 후드 달린 재킷 안에 은은한 복숭아색이 감도는
티셔츠를 받쳐 입었다. 자연스럽게 빛이 바래고 밑단의 올이 뜯
어진 회색 진 바지는 지나치게 튀지도, 심심하지도 않아 보였다.

집을 막 나서려는데 전화벨이 울렸다. 이 년 전에 헤어진 그
녀였다.

"저기, 오랜만에 전화해서 이런 말 하긴 그렇지만, 좀 만나야겠
어. 어디든 편한 곳에서, 언제든 좋은 시간에."

그녀가 말했다. 그는 무슨 일이냐고 묻지도 않고, 침착한 어조
로 약속 시간과 장소를 그녀에게 일러주었다. 그리고 날아갈 듯
한 발걸음으로 눈부시게 화창한 여름의 초입, 거리를 걷기 시작했
다. 그날의 날씨는 너무나 투명해서, 지상의 것이 아닌 것 같았다.

"아보카도들이 위험해."

이 년 전에 비해 한층 더 매력적으로 변해버린 그녀가 말했다.
그녀의 목소리는 조금 떨리고 있었는데, 그것이 그녀의 매력을 한
결 고결하고 신비로운 것으로 만들었다.

"무슨 소리야, 위험하다니?"

그는 그녀에게 집중하느라 이야기를 제대로 듣지 못했다. 제

대로 들었어도 어차피 무슨 소리냐고 되물어야 했겠지만.

"얼마 남지 않았어. 세상에서 완전히 사라져버린다는 거지. 그렇게 되면…"

그녀는 아주 은밀한 이야기를 할 때처럼 그에게로 몸을 기울이고, 그의 귀에 입술을 갖다 대며 속삭였다. 그녀의 향기 때문에 그는 약간 어지러워졌다.

"그렇게 되면 말이야, 우리도 다 사라져버릴 거야. 그러니까 당신이 해야 해."

"내가? 뭘?"

"아이 참, 기억 안 나? 당신은 아보카도를 지키기 위한 시민 연대에 소속되어 있잖아. 무지하게 오래도록 신중한 검토를 한 끝에 결정된 거야. 그쪽 사람들이, 당신에게 일임하겠다고 선언한 게 어제 일이고."

자신이 방금 들은 이야기가 무슨 소린지 파악해보려고 그는 애를 썼다.

"아보카도…를 지키는 연대라고?"

"기억이 안 나? 정말로? 당신 손으로 직접 사인을 했는데?"

그녀의 눈빛 속에 원망이 떠올랐다. 끄응, 하고 신음 소리를 내며, 그는 아보카도에 관한 일을 떠올리기 위해 기억을 호출했다.

바람 속에는 비의 냄새가 섞여 있었다. 그는 빈 컵에 맥주를 따르며 그녀를 바라보았고, 그의 시선을 느낀 그녀는 환하게 미소를 지었다. 취기가 오를 때면 늘 정신은 말짱한데 몸이 말을 듣지 않는다고 느끼곤 했는데, 그날은 좀 달랐다. 젓가락으로 테이블 위에 놓인 완두를 집을 수도 있을 만큼 말짱했지만, 그의 머릿속에서는 하얗고 노란 불빛들이 마구 켜졌다 꺼지기를 반복하고 있었다.

　그가 고백을 했고 그녀가 받아들였다. 아니 어쩌면 그녀가 고백을 했고 그가 받아들였는지도 모른다. 애초에 서로 고백 같은 건 하지 않았을 수도 있다. 그저 어느 순간, 자연스럽게, 서로의 마음을 확인했다고 동시에 느꼈을 가능성도 있다. 자, 그럼 이제부터 우리는 연인이 되기로 해요, 같은 말은 전혀 하지 않았으나, 두 사람을 둘러싼 세계가 한 바퀴를 돌아버렸기 때문에, 아무것도 아닌 척 덮어두고 과거로 돌아갈 수는 없었다.

　그녀는 생글거리면서 가방을 뒤져 종이 한 장을 꺼냈다. 그랬다. 그는 종이를 받아 들고 거기 쓰인 글자들을 읽었지만 그게 무슨 뜻인지는 몰랐다. 그랬다. 그는 그녀가 건넨 펜을 받아 들고 사인을 했다. 그랬다. 아보카도, 뭐라고 쓰여 있는 글자 아래에, 자신의 이름을 써 넣었다. 그랬다. 커다란 창이 있는 그 카페에서는 글루크의 「에우리디케 없이 어떻게 살아가나」가 흐르고 있었다. 그랬다.

"기억…날 것 같아. 그러니까 그날, 거기에서…"

"그래. 그날, 거기서."

그녀가 환하게 웃었다.

"하지만 난 도대체 그게 뭐였는지…"

그런 순간에, 그녀가 내민 종이에 사인을 하면서 이상하다는 생각을 하지 않았던 자신이 말할 수 없이 이상하다고, 그는 지금 와서 생각했다. 그러나 그때는 그녀의 요구와 자신의 행동에 대해 어떤 거부감도 느끼지 못했다. 그녀가 원하는 것은 아무것도 이상하지 않았다. 기껏 종이에 사인 한 번 하는 것인데, 그런 걸 이상하게 생각하는 건 가당치도 않았다.

"그러니까, 내가 사인을 한 것이 아보카도…"

"아보카도를 지키기 위한 시민 연대의 회원이 되겠다고, 당신이 직접 사인을 했잖아. 연대에서 원하는 일은 그 어떤 것이라도 이유를 묻지 않고 하겠다고."

그의 머릿속에서는 그날처럼, 하얗고 노란 불빛들이 꺼졌다 켜졌다. 그날의 불빛들은 빠른 멜로디로 즐거운 노래를 부르고 있었는데, 지금의 불빛들은 당황한 듯 이리저리 두서없이 오가고 있었다.

"그래서 아보카도들이 위험하다고? 그래서 그것들을 지켜야 한다고? 그런데 그 일을 내가 해야 한다고? 그걸 시민 연대인지 뭔지에서 결정을 했다는 거야?"

"그렇다니까. 그걸 당신에게 전달하는 게 내 일이고."

아보카도는 미나리아재비목 녹나뭇과의 상록교목이다. 원산지는 열대아메리카, 멕시코와 과테말라에서 주로 재배되며, 울퉁불퉁한 껍질 때문인지 악어가 좋아하기 때문인지 '악어배^{alligator} ^{pear}'라고도 불린다. 특이한 것은, 과테말라에서 자라나는 열매들은 익는 데 14개월이 걸리는 반면, 멕시코 등 다른 곳에서 자라는 것들은 성숙해지는 데 7개월이 걸린다는 것이다. 푸르고 단단한 껍질 안에는 노란색과 초록색이 뛰어난 조화를 이루고 있는 속살이 숨어 있다. 과육의 질감과 맛은 흔히 버터에 비유되며 실제로 버터 대용으로 이용되기도 한다.

"어떻게 생긴 건지는 알겠는데, 아보카도 같은 건 먹어본 적도 없어."

"무슨 소리야?"

그녀는 눈을 동그랗게 뜨고 그렇게 이상한 소리는 처음 듣는다는 표정으로 그를 보았다.

"몇 번이나 먹었는걸, 우리 둘이서. 샐러드로도 먹고, 토르티야에 발라 먹기도 하고, 멕시칸라임을 뿌려서 그대로 먹기도 했잖아. 당신이 그걸 얼마나 좋아했는데."

혹시 다른 남자와 먹은 거 아니야? 그는 거의 그렇게 말할 뻔했지만 다행히 그 생각은 말이 되어 나오기 전에 멈추었다.

"여하튼 그렇다 치고, 내가 뭘 해야 하는 건데?"

그는 한숨을 쉬고 물었다.

"기억나지? 아보카도 아지트?"

아보카도 아지트라니, 그건 또 뭐야, 그는 생각했지만 입을 다물고 그녀의 다음 말을 기다렸다. 섣불리 말했다가는 뭐 하나 제대로 기억하는 게 없다고 타박이나 받을 것 같았기 때문이다.

"그곳에서 아보카도들의 이야기를 들으면 되는 거야. 참, 그리고 어떤 시점을 선택할 거냐고 물으면, 반드시 '전지적 시점'이라고 대답하래. 간단하지?"

간단하군. 그는 생각했다. 아보카도들의 아지트라는 게 어디 있는 건지, 아보카도들의 이야기를 어떻게 들으라는 건지, 어디까지가 현실 속에서 일어날 수 있는 일이며 비현실의 경계는 어디부터인지, 뭐가 뭔지 하나도 알 수 없었기 때문에 그저 그렇게 생각했다. 최소한 전지적 시점이라는 말의 의미는 알고 있으니까, 하고 스스로를 위로하며.

집으로 돌아오면서 그는 「도이치 레퀴엠」의 제2곡 「모든 육체는 풀과 같고」의 멜로디를 흥얼거렸다. 모든 육체가 풀과 같은 거라면 아보카도 역시 풀이거나 풀과 흡사한 무엇일 테고, 그렇다면 그다지 복잡할 것도 걱정스러울 것도 없을 거라고 그는 생각했다.

마음이 좀 가벼워질까 싶어, 그는 휘파람을 불며 문을 열었다. 문틈으로 짙은 버터 향이 훅 터져 나왔다. 놀랍게도, 그의 집은 푸른 아보카도들로 가득 차 있었다.

아보카도 아지트에 오신 것을 환영합니다. 어떤 시점을 선택하시겠습니까?
1. 주인공 시점
2. 전지적 시점

테이블 위에는 그렇게 쓰인 종이가 한 장 놓여 있었고, 그 옆에는 펜 하나가 얌전히 그를 기다리고 있었다. 어디선가 한 번쯤 본 듯한 서체와 펜이었다. 그는 펜을 집어 2번에 동그라미를 치고, 의자에 앉아 다음에 일어날 일을 기다렸다.

"안녕, 우리는 아보카도들이야. 이제 너는 우리 마음을 읽을 수 있게 되었어. 전지적 시점이니까."

어디선가 목소리가 들렸다. 나긋나긋하고 윤기가 흐르는, 탄력 있는 목소리였다. 어떻게 반응해야 할지 몰라 그는 그대로 가만히 있었다. 그러나 그가 마음속으로 한 생각이 밖으로 흘러나

왔다.

"아보카도 아지트라는 게, 우리 집이었어? 아니 그보다 뭐가 어떻게 된 건지 이젠 누가 설명을 좀… 아니 그보다 어떻게 내 생각이 저절로 말이 되어서…"

"말했잖아. 전지적 시점이라고. 네가 우리 생각을 읽듯이 우리도 네 생각을 읽는 거야. 그리고 우리는 너에게 설명을 해줄 의무가 없어. 그러고 싶지도 않고. 그냥 이야기나 좀 하자는 거지. 넌 시민 연대 대표로, 우리 이야기를 듣기 위해 여기 온 거 아니야?"

"이성적으로, 논리적으로, 납득할 수가 없는 상황이잖아. 게다가 난 대표니 뭐니 그런 걸로 온 게 아니야. 여긴 우리 집이라고."

"알아, 알아. 하지만 아지트를 정하는 건 우리 마음인걸. 시민 연대에 소속된 회원은 누구나 우리에게 아지트를 제공할 의무가 있어. '기꺼이'라는 단어도 거기 들어가 있다고. 사인을 할 때 읽지 못했어?"

"아아, 그 빌어먹을 사인! 그래, 그건 그렇다 치고, 도대체 너희들은 우리 집에서 무얼 하고 있는 거야?"

"너를 기다리고 있었지. 결론을 말하자면, 우린 곧 사라질 거야. 그 전에 그동안 우리를 지켜준 시민 연대에게 모습을 드러냄으로써 작은 감사의 표시를 하려는 거고. 너희들은 두 번 다시 우리, 그러니까 아보카도를 볼 수도 없고 느낄 수도 없게 될 거야. 그건 아주 중대한 문제지."

"별로 그렇지도 않아, 나한테는. 아보카도 같은 게 없어도 사는데 지장이 없다고. 내가 아보카도를 좋아했다는 건 그녀의 착각이야. 분명 누군가 다른 사람과 헛갈리고 있는 거라고."

"그게 바로 너의 문제지."

"문제? 아보카도를 좋아하지 않았다는 게?"

"아니, 아보카도 같은 건 살아가는 데 지장이 없다고 생각하는 거 말이야. 넌 여태 그녀가 왜 너를 떠나버렸는지, 그 이유도 모르는 거지?"

"……"

"그럴 줄 알았어. 그게 바로 이유야."

나긋나긋한 목소리에 약간의 거만함이 묻어났다. 그는 자신이 지금 막 아주 중요한 이야기를 들었다는 것을 깨달았지만, 여전히 논리적으로 이성적으로 납득을 할 수는 없었다.

"…괜찮다면, 좀 자세히 설명해주지 않겠어? 너희에게 그럴 의무가 없다는 건 알고 있지만."

나긋나긋한 목소리가 만족스러운 웃음을 터뜨렸다.

"그러지. 너는 그녀가 없어도 살아가는 데 지장이 없다고 생각했고, 그녀는 그걸 알고 있었던 거야. 그래서 떠난 거고."

"…미안한데, 조금만 더 자세히."

"그녀가 떠난 후의 너의 삶을 생각해봐. 뭐가 그토록 중요했어? 네 삶에서? 누군가 대신 해도 괜찮을 일들을 하고, 지키지 않아도 상관없을 약속들 때문에 시간에 쫓기고, 비슷비슷한 영화를 보고, 똑같은 음식을 먹고, 굳이 필요하지 않은 물건들을 사고, 아침에 꾸역꾸역 일어나 전철을 타잖아. 회사의 네 자리를 채우기 위해."

"…인정해."

"레퀴엠의 본질은 바로 이거야. 인간들은 죽음 앞에서야 삶의 한없는 사소함이 얼마나 축복받은 건지 깨닫게 된다는 거지. 네 머릿속을 채우는 그 산만하고 복잡한 것들이 너를 허겁지겁 먹어치우고 있는 동안 네 마음은 어디에서 무엇을 구하고 있었던 거야?"

"…가끔은 그녀가 몹시 보고 싶었어, 나도."

"하지만 너는 아무런 노력도 하지 않았어. 그녀가 너의 작은 발코니에 아보카도를 심어둔 것도 몰랐잖아."

"아보카도를 심다니, 전혀 몰랐어. 게다가 그게 심으면 열리는 거야?"

나긋나긋한 목소리가 다시 한 번 탄력 있는 웃음을 터뜨렸다.

"그런 건 중요하지 않다니까. 넌 내 말을 조금도 못 알아듣고 있어. 너는 그녀를 사랑할 자격도 사랑받을 자격도 없어. 아보카도를 좋아할 자격이 없다는 것과 같은 말이야."

무엇인가가 그의 마음속에서 툭, 소리를 내며 떨어졌다.

"제대로 된 이별을 하지 못했으니까, 당신이 나를 사랑했던 것도 내가 당신을 사랑했던 것도 다 무효야."

그녀가 말했다. 그는 잠자코 고개를 끄덕였다.

"당신이 내 이야기를 듣는 건 굉장히 드문 일인데. 오늘은 좀 이상하네."

그녀는 환한 미소를 지으며 그에게로 몸을 기울이고, 물방울 같은 목소리로 속삭였다.

"사실 특별한 용건이 있었던 건 아니야. 그저 당신이랑 맥주라도 한잔 하고 싶어서. 지난 일들은 무효로 하고."

그녀가 무효로 하고 싶은 건 그러니까 이별이라는 걸, 놀랍게도, 그는 이해했다. 웨이터가 와서 메뉴를 내밀었다. 메뉴를 정하는 건 언제나 그녀의 몫이었지, 그는 생각하면서 그녀를 바라보았다. 당신이 골라, 그녀가 눈으로 말했고 그는, 놀랍게도, 그것을 알아들었다.

"아보카도 샐러드, 어때?"

잠시 후 주방 쪽에서 버터 향이 흘러나왔다. 노란색과 초록색이 은은한 조화를 이루고 있는 아보카도의 속살을 떠올리며 그는 눈을 감았다.

'우리를 머물게 하는 방법은 아주 간단해. 너의 마음을 들어. 그리고 그녀를 들어. 지금 네가 우리를 듣고 있는 것처럼. 만약 네가 원한다면 말이야.'

나긋나긋한 목소리의 마지막 이야기가, 그의 머릿속에서 하얗고 노란 불빛으로 반짝이고 있었다.

차라리
체리파이

●

크리스마스다. 온 도시가 별처럼 반짝인다. 반짝이는 가게들
로부터 반짝이는 캐럴들이 거리로 쏟아져 나와 온통 뒤범벅이 된
다. 케이크 상자를 손에 든 사람들이 종종걸음으로 그녀를 지나
친다. 많은 이들이 그녀와 부딪치고 그중 몇몇은 그녀를 돌아보며
미소를 짓는다. 어쩌면 한두 명은 그녀의 눈물을 보았는지도 모른
다. 파티는 아직 계속되고 있을 것이다. 하지만 그녀는 혼자 걷고
있다. 어디로 가야 할지 모르는 채로. 이 세상이 지나치게 반짝이
고 있다고 생각하면서.

카푸치노를 위한 컵을 사기 위해 들른 가게에서 그를 만났다.
갓 만든 커피를 담으면 금세 뜨거워질 테니까 손잡이는 달

려 있는 게 좋겠어. 우유 거품을 잔뜩 얹을 거니까 되도록 커야 하고. 오래 봐도 싫증이 나지 않는 심플한 디자인이어야 해. 컵 자체가 진한 색깔을 띠고 있는 것은 피하고 싶어. 약간의 무늬가 들어간 건 상관없지만, 무늬의 색깔은 가능하면 푸른 계통이면 좋겠는데.

그녀는 컵 하나하나를 신중하게 살핀 다음, 적당한 무게와 질감을 가진 한 쌍의 카푸치노 컵을 골랐다. 하지만 가격표를 확인하고 실망해버렸다. 예상했던 가격보다 세 배 정도 비쌌기 때문이다. 컵을 내려놓고 돌아서다가, 그래도 한 번만 더 살펴보자 하고 그녀는 몸을 돌렸다. 하지만 컵은 그녀가 내려놓은 자리에 있지 않고, 어떤 남자의 손에 들려 있었다. 그녀는 신중하게 컵을 살피고 있는 남자를 바라보았다.

"카푸치노를 마시기에는 썩 괜찮은 컵이군요."

그가 미소를 지으며 그렇게 말했다.

"이 컵, 사실 건가요?"

그녀는 남자를 바라보고, 다시 컵을 바라보았다.

"아, 아뇨. 마음에 들긴 한데, 좀 비싸서. 그냥 가려던 참이었어요."

"하지만 마음이 바뀐 거 아닌가요?"

이 가게의 직원인가, 그녀는 생각했다. 하지만 남자는 이미 그 컵을 내려놓고, 다른 컵을 가리키며 카운터 쪽을 향해 말했다.

"이걸로, 포장해주십시오."

남자가 고른 것은, 그녀가 두 번째로 마음에 들어 했던 컵이었다.

꼼꼼하게 포장된 컵을 들고 그녀가 가게를 나오자, 남자가 서 있었다. 누군가와 통화를 하다가 막 전화를 끊은 듯했다. 그녀는 어색하게 미소를 지으며, 간단히 목례를 하고 지나쳐야 하는 걸까, 아니면 모르는 척 그냥 가야 할까, 잠깐 망설였다.

"사셨네요, 그거."

남자가 먼저 말을 걸었다.

"잘하셨습니다. 좀 비싸긴 하지만, 자주 쓰고 오래 쓰는 거잖아요."

"네…"

"하루에 몇 잔 드시죠?"

"…세 잔 정도."

"원두는 어떤 걸로?"

"이것저것… 주로 에스프레소로…"

"주로 카푸치노군요. 우유 거품을 잔뜩 내서."

"네. 잔뜩 내서."

두 사람은 웃음을 터뜨렸다. 별로 우스울 것도 없는데, 생각하면서.

오월이 막 끝나기 전의, 유월이 막 시작되기 전의 맑은 밤이었다.

그녀가 그를 위해 처음으로 커피를 끓였던 날은 온종일 비가 내렸다. 그녀는 그날 오후에 새로 사 온 원두와 신선한 우유로 커피를 만들었다. 따르륵, 따르륵, 핸드밀이 원두를 가는 소리, 슈욱, 슈욱, 비알레티 모카포트가 커피를 올리는 소리, 파르륵, 파르륵, 거품기가 우유 거품을 만드는 소리가 그칠 때마다 그 자리에 빗소리가 들어와 앉았다.

별로 말을 안 해도, 어색하지 않아서 다행이야.

그녀는 그렇게 생각했다. 커다란 컵에 뜨거운 커피를 붓고 우유 거품을 넘치도록 올리고 시나몬가루를 뿌리면서, 그녀는 변명처럼 말했다.

"어떨지 모르겠어요. 항상 한 잔만 만들어봐서."

누군가에게 커피를 끓여준 건 처음이에요, 라는 이야기라는 걸, 당신은 알고 있나요?

"나는 가끔 이 모카포트가 무서워요. 주의 깊게 소리를 듣고 있다가 불을 끄는 타이밍을 맞춰주지 않으면 금방 끓어 넘치잖아

요. 만약 모카포트가 어느 날 갑자기 소리를 내지 않으면 어떡하
나, 싶어서. 그러다가 팡 터져버리면."

나는 당신이 무서워요, 늘 그렇게 나를 바라보면서 미소만 짓
고 있다가, 어느 날 갑자기 홀쩍 떠나버릴까 봐. 만약 그럴 거라면,
뭔가가 시작되기 전에, 그러니까 지금.

"세상에서 가장 맛있는 커피예요. 정말."

남자가 말했고, 그녀의 마음속에서 뭔가가 휘청, 하고 흔들
렸다.

"이제 다른 커피는 못 마시겠는데."

그가 웃었고, 그녀는 당황했다.

"음악이라도 틀까요."

그녀의 말에, 그가 고개를 저었다.

"빗소리가 좋잖아요."

그의 키스에서는 우유 거품 맛이 났다. 그녀는 거품이 되어 영
원히 사라져버리는 자신의 모습을 상상했다.

"정말 맛있어, 이 사람이 끓이는 커피는."

누군가에게 그녀를 소개할 때, 그는 그렇게 말했다.

"세상에서 가장 맛있는 커피를 끓이는 사람이야."

그렇게 말할 때도 있었다. 그의 어조에는 늘 진심이 담겨 있었

고, 그래서 그녀는 행복했다. 시간이 좀 더 흐른 다음에는 그저 그런가 보다, 싶었다. 그 말을 들은 사람들이 묘한 미소를 짓는다는 사실은 훨씬 나중에 깨달았다.

그러니까 나는 이 사람에게 커피를 잘 끓이는 사람, 그 이상도 이하도 아닌 건가, 그녀는 생각했다. 하지만 그 말을 입 밖에 내지는 않았다. 스스로 그렇게 말하는 순간, 정말로 그렇게 되어버릴 것 같아서. 그러나 그녀가 하지 않은 말들은 사라지는 대신, 점점 더 깊은 곳에 자리를 잡아갔다.

그렇게 해서 그녀는 점점 더 모르게 되었다. 한 달에 두세 번씩 그를 만나 영화를 보고 식사를 하고 그가 그녀의 집 앞까지 데려다주는 것이 데이트인지 아닌지. 그녀의 집 앞에서 잠깐 망설이던 그가 "커피 한잔 줄래요?" 말할 때, 그가 정말 원하는 것은, 그녀와 조금 더 같이 있고 싶은 것인지 아니면 단지 커피를 마시고 싶은 것인지. 우유 거품 맛이 나는 키스 속에 담긴 것이 그녀에 대한 사랑인지 아니면 감사와 호의의 표시인지. 그가 자신의 연인인지 아니면 커피를 함께 마시는 친구인지.

가장 모르겠는 건, 그녀 자신에 관한 것이었다. 그녀는 생각하고 또 생각했다.

내가 정말 잘하는 건 커피 끓이는 것밖에 없는 걸까. 나는 그 사람에게 그것 말고 해줄 수 있는 게 없는 걸까. 그 사람이 나에게 원하는 건 한 잔의 맛있는 커피, 외에 아무것도 없는 걸까.

아무 일도 일어나지 않은 채, 그렇게 몇 달이 흘렀다.

여러 번 기회를 엿보다가, 크리스마스 사흘 전이 되어서야 그녀는 물었다. 아주 조심스럽게, 그러나 그가 부담을 느끼지 않도록, 종이 한 장보다 가볍게.

"크리스마스 때 뭐 할 거예요?"

"친구가 파티를 한대요, 크리스마스이브에. 초대를 받았는데."

그녀는 자신이 실망했다는 것을 감추기 위해 어깨를 으쓱하고, 몸을 돌려 커피를 끓이기 시작했다.

"같이 갈래요? 다른 약속이 없으면."

그녀의 등을 향해 그가 말했다. 두 사람 사이의 관계가 좋은 방향을 향해 움직이기 시작한 것처럼 보였다. 조금쯤은 기대해도 괜찮을 거라고 생각하며, 그녀는 고심하여 파티에 입고 갈 옷을 골랐다. 그는 검은색에 가까운 감색 코트 차림으로, 약속 시간에 맞춰 그녀를 데리러 왔다.

도심의 한복판에 있는 높은 빌딩의 옥상에서 파티가 열리고 있었다. 근사한 파티였다. 곳곳에 버섯 모양의 난로와 수백 개의 촛불이 켜져 있어서 조금도 춥지 않았다. 두 사람은 웨이터의 도움을 받아 코트를 벗고, 별처럼 반짝이는 칵테일을 마셨다. 그녀는 은빛 스푼으로 달빛이 감도는 푸딩을 떠먹으며, 어쩌면 자신의 남자가 될지도 모를 그를 바라보았다. 바람이 그의 머리카락을 헝클어뜨리며 지나갔고, 반듯한 이마가 달빛 아래 드러났다.

"메리 크리스마스."

그녀는 어떤 벅찬 감정에 떠밀려, 그에게 속삭였다. 그는 미소를 지으며 그녀를 바라보았다.

말을 하지 않아도 다 아는 거야, 이 여자는.

그는 생각했다.

왜 내게 메리 크리스마스, 라고 얘기하지 않는 걸까?

그녀는 생각했다.

혼자서 서두르고, 혼자서 단정 짓고, 혼자서 의심하고, 혼자서 결정해버리는 다른 여자들과는 달라. 설명하지 않아도 나의 마음을 읽고, 내가 원하는 것이 무엇인지 아는 거야. 봐, 이 자리에 있는 그 어떤 여자보다 빛나고 있잖아. 나를 향해 한 점의 불안도 없이 짓는 저 미소를 봐. 세상에서 가장 달콤하고 부드러운 미소를.

그는 생각했다.

그는 왜 나를 향해 미소만 짓고 있는 걸까. 어째서 나의 어깨에 팔을 올리지도 않고, 나에게 다정한 말도 해주지 않는 걸까.

그녀는 생각했다. 마침내 그녀는 용기를 내어 그의 손등에 자신의 손을 살짝 대어보았다. 하지만 그는 그녀의 손을 잡는 대신, 그들을 향해 다가오는 누군가에게 인사를 건넸다.

"이런 데서 보는군. 어떻게 지내?"

"잘 지내지. 어때?"

다가온 누군가는 그를, 그리고 그의 곁에 있는 그녀를 바라보았다. 그는 그녀를 돌아보며 말했다.

"이쪽은 친구. 커피를 정말 맛있게 끓여, 이 사람은."

그의 얼굴에는 진심 어린 미소가 떠올랐지만, 그녀는 그 자리에서 창백한 얼굴이 되어버렸다. 묘한 미소를 띠고 그녀를 보던 누군가는 그녀의 불편한 마음을 눈치챈 듯 가벼운 목례를 남기고 자리를 떠났고, 그는 어리둥절하여 그녀에게 물었다.

"어디, 안 좋아요?"

그녀는 대답도 없이 코트를 찾아 들고 밖으로 나왔다. 그는 코트를 챙기지도 못하고 그녀를 쫓아 나왔다.

"뭐가 그렇게 급해요. 잠깐만, 코트 좀 가지고 나올 테니까…"

그가 그녀의 팔을 붙잡았고, 그녀는 그것을 뿌리쳤다. 놀란 표정으로, 그가 그녀를 보았다.

"왜 여기 이러고 있는 거죠?"

그녀의 말이 무슨 뜻인지를 몰라서, 그는 대답을 할 수 없었다.

"왜, 여기, 이렇게, 내 앞에 있는 거냐고요. 그러니까, 당신은 내 옆에 있으면 안 되는 사람이에요. 이제 됐으니까, 다른 곳으로 가버려요."

그녀는 돌아섰고, 언젠가, 그를 처음 만난 그날처럼 다시 몸을 돌리지 않기 위해, 빠른 걸음으로 걸었다.

크리스마스다. 온 도시가 별처럼 반짝인다. 반짝이는 가게들로부터 반짝이는 캐럴들이 거리로 쏟아져 나와 온통 뒤범벅이 된다. 케이크 상자를 손에 든 사람들이 종종걸음으로 그녀를 지나친다.

커피 같은 건 이제 됐어. 차라리 케이크를 굽는 게 나을 거야. 체리파이를 만들거나. 그래. 체리파이를 아주 잘 만들게 되면, 커다란 접시를 사러 가자. 커피를 잘 끓이는 여자보다는 맛있는 체리파이를 만드는 여자가 되는 거야.

그녀는 그런 생각을 하며, 반짝이는 거리를 언제까지나 걷는다. 혼자 남겨진 그가, 두고 온 코트 주머니 속에 있는 반지를 생각하는 동안. 끝내 그것을 그녀에게 건네주지 못한 지금의 이 세상이, 지나치게 반짝이고 있다고 생각하는 동안.

●●●

그 남자의
흔적

●

　남자의 손이 나의 어깨에 닿는다. 망설이다가 그 손 위에 내 손을 살며시 대어본다. 그의 손이 내 손과 어깨를 함께 감싸 쥔다. 이러면 안 되는 거야, 하고 내 손을 빼내려고 하자 그의 손에 힘이 들어간다. 꿈에서 깨어나 목욕탕으로 가서, 힘껏 물을 튼다. 거울은 보지 않는다. 분명 이상한 얼굴을 하고 있을 테니까. 비누칠을 세 번이나 해서 손을 씻는다. 그래도 내 손 어딘가에 남자의 손이 남긴 무엇이 있다. 기운이 빠진다. 차가운 물을 틀어 샤워를 한다. 비누거품이 목욕탕을 가득 채우고 개수구에서 미처 빠져나가지 못한 물이 소용돌이를 만든다. 따가울 때까지 목욕소금으로 피부를 문지른다. 어지러울 정도로 열이 오른다.

　오디오의 파워 버튼을 누르자 피아졸라가 흐르기 시작한다.

놀라서 전원을 끄지만 이미 공기 중에 흩어진 음들은 어떻게 할 수가 없다. 입술을 깨물고 여기저기 널려 있는 앨범들 중에서 피아졸라를 가려낸다. 피아졸라의 앨범을 일곱 장이나 가지고 있는 줄은 몰랐다. 어쩌면 찾아내지 못한 한두 장이 더 있을지도 몰라서, 안절부절못하고 온 집 안을 뒤지다가 몇 권의 책을 발견한다. 남자를 상기시키는 모든 책들을 피아졸라의 앨범과 함께 박스에 집어넣는다.

숨을 돌리려고 창을 연다. 맑은 하늘이다. 남자는 푸른색을 좋아한다고 했다. 옷장을 열고 푸른색의 옷들을 모조리 꺼내어, 또 하나의 박스에 구겨 넣는다. 푸른색 테두리의 액자도 벽에서 떼어낸다. 그러나 푸른 벽지와 푸른 하늘은 어쩔 수가 없다. 꿈 같은 건 어쩔 수가 없다.

아직도 남자의 온기가 남아 있는 어깨를 껴안고, 주저앉아서 울음을 터뜨린다. 온종일 그의 흔적을 지운다. 아니, 지우려고 한다.

나의 연인은 잘못했다는 말을 하지 않는다. 잘못했다는 말은, 잘할 수도 있었는데 잘하지 못했다는 것과 같다고, 언젠가 그녀가 이야기한 적이 있다. 그녀가 울었다는 것을 나는 안다. 얼굴에 남아 있는 눈물의 흔적을 감추기 위해, 평소와 달리 조금 짙은 화장을 했다.

"왜 그랬어?"

무슨 일이 있었느냐고 묻지 않고, 나는 이유를 묻는다.

"어쩔 수 없었어요."

그녀가 대답한다. 용서해달라는 말은 하지 않는다. 내가 용서할 수 없다는 것을 그녀는 안다. 만약 용서할 수 있다면, 그건 더 이상 내가 그녀를 사랑하지 않는다는 것이다.

"당신이 원한다면, 헤어져도 괜찮아요."

그녀의 말에, 나는 현기증이 인다.

"어떻게 할 셈이야?"

그 남자를 어떻게 할 거냐고 나는 묻는다. 우리 둘 다 남자의 이름은 언급하지 않는다.

"그냥, 버틸 거예요."

두 번 다시 그를 만나지 않겠다는 약속도, 그녀는 하지 않는다. 그녀는 몹시 괴로운 얼굴로 나를 본다. 내가 자신으로 인해 슬픔에 빠져 있는 것을 지켜보는 것 자체가 그녀에게는 지나친 벌이라는 걸, 나는 안다. 그리고 또 나는 안다. 어느 날 문득, 연인의 슬픔보다 그녀의 갈증이 더욱 절실해져서, 괴로운 채로 그 사람을 찾게 되는 일이 생길지도 모른다는 것을.

"몰랐으면 좋았을 텐데."

나는 말한다.

"가끔은 네가 감정을 숨길 줄 모른다는 사실이 원망스러워."

그녀의 얼굴에 당황스러운 미소가 떠오른다. 이럴 때조차 그녀는 미소를 짓는다. 슬플 때도 힘겨울 때도, 얼굴을 찌푸리는 대신 슬프고 힘겨운 미소를 짓는다. 그녀는 내 앞에서 울지 않는다. 나는 그녀를 물끄러미 바라보다가, 숨을 참으며 대답한다.

"견뎌보자. 견딜 수 있을 때까지."

헤어지자고 말하는 나의 연인을 상상했다. 그래도 어쩔 수 없다고 생각했다. 이 세상의 어느 누가 자신을 아프게 하는 사람을 곁에 두려 할까. 그가 보는 앞에서 울지 않도록, 나는 몇 번이나 마음속으로 그 상황을 그려보려 했다. 헤어지자는 말을 할 때 그가 어떤 표정을 지을 것인지, 어떤 목소리를 낼 것인지, 어떤 문장을 만들어 나에게 전달할 것인지, 세밀한 부분까지 떠올려보려고 했다. 상상으로라도 익숙해지면, 조금이라도 의연하게 대처할 수 있을 것 같아서.

그러나 모든 게 소용없었다. 내 상상 속에서의 그가 서두를 떼기도 전에, 심장에서 격렬한 통증이 느껴지고 눈물이 흘러내렸다. 둔탁한 망치가 나를 몇 번이나 내리쳤다. 나는 내가 생각하는 것보다 훨씬 더, 그를 사랑하고 있는 것이다. 그런데 어떻게 이런 일이 생길 수 있는가? 어떻게 그에게 상처를 입히고 버젓이 살아 있을 수 있는가? 잘못했다는 말도, 용서해달라는 말도 할 수 없었다. 그가 혹시 나를 용서한다면, 나는 그를 용서할 수 없을 것 같았다.

나의 연인은 용서한다는 말도 헤어지자는 말도 하지 않았다. 그 대신 견딜 수 있을 때까지 견뎌보자고 했다. 그 말은, 헤어지자는 말보다 더욱 슬프게 들렸다. 차라리 헤어지자고 하지. 집으로 돌아와 거울을 보며 나는 중얼거린다. 그랬으면 이 무거운 마음이 조금이라도 나아졌을지 몰라. 그런 생각을 하는 자신이 무서워진다. 그를 아프게 해놓고, 내 마음이 가벼워질 것을 바라고 있다니.

푸른 새벽 속에서 오래오래 앉아 있다. 잠들지 않으려고 애쓰며. 잠이 들면 꿈을 꿀 테니까. 꿈에서 남자를 만날 테니까.

언젠가 이런 날이 오리라는 것을 알고 있었다. 그녀는 세상의 모든 아름다운 것들에 대해 반응하는 사람이다. 그런 사람들의 사랑은 한 사람에게 바쳐지지 않는다. 그녀가 그런 사람이라는 것을 처음부터 알고 있었기 때문에, 나는 그녀를 원망하지 못한다.

그때 그녀는 스무 살이었다. 캠퍼스는 이른 봄의 생기를 한껏 품고 있었다. 그녀가 강의실로 들어섰을 때, 창밖이 갑자기 어두워지더니 소나기가 내리기 시작했다. 빗소리가 운명의 전조처럼 강의실을 가득 채웠고, 나는 거기에 지지 않으려는 사람처럼 목소

리를 높여 강의를 시작했다. 그러나 그것이 헛되고 무의미한 노력
이라는 것을 이미 알고 있었다.

그래도 나는 꽤 오래 노력했다. 강의 도중에 그녀와 눈이 마주
치지 않도록, 교정 어디에선가 그녀와 부딪치지 않도록, 가능하면
아무것도 보지 않고 아무 데도 가지 않았다. 리포트를 채점할 때
도 학생들의 이름을 보지 않았다. 그러나 책상 위에 수북이 쌓인
수백 개의 리포트 중에서, 그녀의 숨결이 묻어 있는 단 하나를 눈
감고도 가려낼 수 있었다. 아무리 노력해도, 나의 마음이 그녀를
좇고 있는 것을 어쩔 수가 없었다. 한밤중에 혼자 서재에 앉아 있
을 때조차 나는 그녀의 시선을 느꼈다. 언제 무너질지 모르는 벽
이었다. 한 겹의 허술하고 얇은 유리로 만들어진, 맞은편이 환히
보이는 벽이었다. 그 벽 너머에 스무 살의 그녀가 한없이 나를 응
시하고 있었다. 그리고 맙소사, 나는 그때 마흔이었다.

마침내 나는 지쳤고, 이런 식의 삶을 계속하는 것보다 차라리
세상을 등지는 쪽이 낫겠다고 생각했을 때, 그녀가 나를 찾아왔
다. 그때도 그녀는 미소를 짓고 있었다. 포기한 듯, 방심한 듯, 슬
픈 듯, 미안한 듯한 미소였다.

"왜 저를 괴롭히세요?"

내 질문을 받고, 그는 한동안 대답이 없었다. 나를 보려고도 하

—

지 않았다. 하지만 나로서는 단단히 결심을 하고 온 것이어서, 그대로 돌아설 수는 없었다. 그것이 처음이자 마지막 기회라는 것을 잘 알고 있었으니까.

"대답을 듣지 못하면, 여기서 나가지 않을 거예요."

그녀의 목소리는 침착했다. 나는 다른 곳에 시선을 두고 있었지만 그녀가 어떤 얼굴을 하고 어떤 자세로 서 있는지 완벽하게 알고 있었다. 온 방 안이 그녀로 가득 차 있었다. 무슨 말이든 해야 한다고 생각했지만, 목소리가 나오지 않았다. 내가 목소리를 낸다고 해도, 내 심장 소리 때문에 들리지 않을 것이다. 나의 심장은 설렘이나 두근거림 따위로 미친 듯이 뛰고 있는 게 아니었다. 그건 두려움이었다. 정신이 아득해질 정도의 두려움이었다.

긴 침묵이 흘렀다. 벽시계의 초침 소리가 지나치게 크게 들려 기분이 나빴다. 일 초 일 초가 지날 때마다 시간은 점점 무거워졌다. 거대하고 육중한 무엇이 나를 짓눌렀고 마침내 서 있는 것조차 힘이 들었다. 이제 그만 포기하자. 나는 생각했다. 그는 영원히 꼼짝도 하지 않겠다는 듯이, 숨도 쉬지 않고 그 자리에 그대로 앉아 있었다.

돌아서는데, 그의 목소리가 들렸다. 깊은 우물에서 지금 막 건져 올린 것 같은, 어두운 물의 그림자가 어른거리는, 한없이 무거운 목소리였다.

"나한테 바라는 게 뭐야?"

"왜 저에게 그렇게 차가우신 건지, 알고 싶어요. 그게 다예요."

그녀는 나의 시선을 피하지 않았다. 그녀의 눈빛 안에는 스무 살의 당돌함과 자신감, 호기심과 열정, 그리고 어디로 가야 할지 모르는 사람들의 당혹스러움이 반짝이고 있었다.

"그 이유를 굳이 들어야겠어?"

"들어야겠어요."

그녀는 한 발자국도 물러나지 않았다. 섣부른 대답으로는 그녀를 납득시킬 수 없다는 것을 나는 깨달았다.

"너를 가질 수 없기 때문이야."

"어째서요?"

놀라지도 않고 당황하지도 않고, 내 말이 끝나기도 전에, 그녀가 물었다. 놀란 건 오히려 나였다. 그녀의 어조에는 공격적인 요소가 전혀 없었다. 어째서요, 하고 따지는 것도 아니고 어째서요, 하고 대드는 것도 아니었다. 아기의 살결처럼 부드러운 무엇이, 고양이의 움직임처럼 나긋나긋한 무엇이 그 속에 있었다.

그녀는 따뜻한 눈길로 나를 바라보며, 굳이 대답하지 않아도 된다는 듯 고개를 끄덕였다.

　"저는 해롭지 않아요. 폐를 끼치진 않을 거예요. 그런데도 아니라고 하면, 그냥 가겠어요."

　나는 기다렸다. 그가 나를 잡아주기를, 무엇인가를 말해주기를. 하지만 그는 차가운 눈빛으로 나를 바라보다가, 천천히 시선을 거두었다. 나는 돌아섰다. 문을 열었다. 밖을 향해 한 발자국을 내딛었다. 복도에 고여 있던 어둠이 검은 눈동자를 빛내고 있는 것을 보았다. 그들은 나를 먹이로 삼기 위해, 여태 기다리고 있었던 거였다.

　"기다려."

　등 뒤에서, 그의 목소리가 들렸다. 손을 갖다 대면 베일 것 같은, 날카로운 음색이었다. 나는 남은 힘과 마지막 희망을 추슬러, 코앞에 있는 어둠을 노려보았다.

　"지금보다 더 괴로워질 거야."

　금방이라도 덮칠 것 같던 어둠이 주춤거리며 물러났다.

　"그게 두려우신 건가요?"

　내가 다시 돌아섰을 때, 그는 고개를 숙인 채 회색빛 바닥을 내려다보고 있었다.

　"제가 치명적인 상처를 줄까 봐 두려우세요?"

그는 고개를 들어 멍한 눈으로 나를 보았다.

"그래, 그렇겠지. 너는 나에게 치명적인 상처를 입히겠지. 하지만 그런 건 상관없어. 나에게 상처를 입혔다는 것 때문에, 너는 아주 많이 괴로워질 거야."

우리 둘 다 결혼 같은 것은 원하지 않았다. 첫 번째 결혼이 나에게 남기고 간 건 인간에 대한 회의와 환멸뿐이라고 내가 말했을 때, 그녀는 오히려 안도하는 것처럼 보였다. 그로부터 십 년의 세월이 흘렀고, 나와 그녀는 평화로웠다. 행복했다. 매일 아침 자리에서 일어날 때마다 그녀를 생각했고, 나날이 그녀에 대한 사랑이 깊어졌다. 우리는 서로에게 완벽했고, 모든 것에서 완벽한 합의를 이루었다. 우리는 완벽한 연인이어서, 첫눈에 서로를 알아보지 않을 수 없었던 것이다.

하지만 지나치게 완벽한 것은 아주 미세한 티끌 하나로도 무너질 수 있다는 것을 나는 알고 있었다. 언젠가 일어날 그 일은, 다만 시간을 끌고 있는 것뿐, 반드시 일어나고 만다는 것을. 우리의 안식처는 벼랑 끝에 위태롭게 서 있는 낡은 오두막집이라는 것을.

맹세코 다른 사랑을 꿈꿔본 적은 없었다. 그의 절대적인 사랑을 믿었고, 나를 믿었다. 나의 마음은 깊은 산속에 수천 년 동안 뿌리박고 있는 거대한 바위처럼 견고했다. 그의 삶 중심에 내가 있었고, 그는 내 삶의 전부였다. 어떻게 사람이 사람을 이처럼 사랑할 수가 있을까, 지금보다 더 사랑하는 건 불가능하다고 생각했는데, 어째서 어제보다 오늘 이 사람을 더 사랑할 수 있을까, 궁금했다.

그때 그 남자가 나타났다. 나의 마음은 산산조각으로 부서져서 형체도 알아볼 수 없는 모래가 되었다. 들판에서 도도하게 피어난 수선화 같은 남자, 홀로 태어나서 홀로 피어나는, 홀로 외롭고 홀로 쓸쓸한, 마지막까지 홀로 시들어가는 아름다운 남자에게서 나는 도망칠 수가 없었다.

내일은 오늘보다 조금 덜 힘들 거라고 생각했다. 그러나 어제의 내일인 오늘, 나는 어제보다 힘겹다. 견디는 일에 아주 조금씩이라도 익숙해질 거라고 믿었지만, 번번이 보기 좋게 그 기대에 배신을 당한다.

미친 듯이 그녀가 보고 싶지만, 그 남자의 흔적을 지니고 있는 그녀만큼 잔인한 것도 없다. 내가 아닌 다른 이를 마음에 품고 있는 그녀처럼 아름다운 존재도 없다. 그 아름다움이 나를 살해한다.

연인의 품에 안겨 온몸의 눈물이 다 빠져나갈 때까지 울고 싶다는 생각을 한다. 그 남자가 그립다고 하소연하고, 나는 어떻게 해야 하느냐고 간절하게 묻고, 그의 대답을 들을 수 있다면. 지금까지 그랬듯이, 그는 가장 현명한 해결책을 알려줄 텐데.

온종일 남자의 흔적을 지운다. 남자와 아무런 상관도 없는 것들까지도 남자의 모든 것을 각성시킨다. 매일 잡다한 물건들로 가득 찬 두세 개의 박스를 내다 버린다. 나는 어쩌면 나를 내다 버려야 할지도 모르겠다. 이렇게 잔인하고 두려운 나를. 그는 나를 찾지 않는다.

그녀는 나를 찾지 않는다.

만약 그가 나를 볼 수 있다면, 나를 견딜 수 있다면, 그는 더 이상 나를 사랑하지 않는 것이다. 그가 나를 부르지 않기를, 간절히 바란다.

만약 그녀가 나를 찾는다면, 내 슬픔이 가져다주는 무게보다 그 남자에 대한 갈망이 깊어졌다는 것이다. 그녀가 나를 찾지 않기를, 간절히 바란다.

나는 남자의 흔적으로 가득 찬 집을 버린다. 차마 나를 버리지는 못한다. 몇 개의 슈트케이스를 들고, 작은 호텔로 들어가, 낯선 방에서 창을 연다. 세상은 차갑고 냉정하고 무심하며 그렇게 하여 결국 이렇게 아름답다. 이토록 어리석고 갈 곳 없는 나를 쫓아내고. 나를 비웃듯이.

그녀의 집에 그녀는 없다. 캠퍼스는 또다시 이른 봄의 생기를 가득 품는다. 그 속에 그녀는 없다. 그러나 굴러다니는 돌멩이 하나까지도 그녀에 대한 기억을 가지고 있다. 나는 그저 그들을 일별하는 것만으로, 그녀의 존재를 느낄 수 있다. 온 세상에서 그녀를 볼 수 있다. 세상은 너무나 아름답지 않아요? 그녀는 종종 그렇게 말했다. 반짝이는 눈에 영원한 사랑과 신뢰를 담고 나를 바라보며, 반짝이는 손가락으로 나의 거친 뺨을 어루만지며, 반짝이는 목소리로 노래를 부르듯이. 그때 나는 그녀의 세상이었다.

이제 나는 세상 밖으로 밀려나고, 모든 아름다움은 그 깊이를 더한다. 그리하여 삶은, 세상은, 이토록 끔찍하고 절절하고 숨 막히게 아름답다. 나는 아랑곳하지 않고. 두 번 다시 나는 세상의 일부가 될 수 없을 것이다.

아름다운
아델라이데

●

"우리 집으로 갈래?"

그가 말했다.

당신이라면, 좋아요.

나는 그렇게 대답했다. 물론 나의 대답은 그의 귀에 닿지 않았다. 나는 말을 못하니까.

외로이 걷는다, 그대의 친구가 봄의 정원에서. 온화하고 사랑스러운 마법의 빛에 둘러싸여, 빛은 흔들리는 꽃 핀 나뭇가지를 관통하여 전율한다, 아델라이데.

"아델이라고 부를게. 너는 아델라이데처럼 아름다우니까. 괜

—
아름다운 아델라이데

찮지?"

괜찮아요, 아니 정말로 마음에 들어요. 나에게도 이름이라는
게 있었지만, 이제부터 나는 당신의 아델라이데, 그것으로 충분
해요.

그의 집에서 같이 살게 된 그날부터, 그를 사랑하게 되었다. 사
랑하지 않고 어떻게 견딜 수 있었겠는가? 그는 나의 세계였고, 세
계를 채우는 모든 것이었다. 그는 적당히 친절했고 적당히 무관심
했으며 언제라도 나를 버릴 수 있었기 때문에, 나는 모든 에너지
를 그에게 집중해야 했다. 당연히 다른 세계도, 그것을 채울 다른
무엇도, 필요하지 않았다.

그가 나를 집으로 데려온 것은, 말벗이 필요했기 때문이었다.
그는 외로웠고, 그가 지고 있는 외로움의 무게를 덜어줄 누군가를
원하고 있었다. 그때 나를 발견했다. 나는 그와 대화를 나눌 수는
없었지만, 적어도 이야기를 들어줄 수는 있었다.

"아델, 네가 말을 할 수 있다면 얼마나 좋을까. 하지만 네가 아
무 말도 하지 않아서 좋아. 내가 무슨 소리를 해도, 너는 나를 비
난하지 않을 테니까."

그는 종종 그렇게 얘기했다.

"너도 외로움이라는 걸 아니? 어째서 인간은 이렇게 불편하게
만들어졌을까. 나는 가끔 외로움이라는 게 거대한 괴물처럼 달려

와서 나를 집어삼키고 말 거라는 생각을 해. 그럴 때면, 이 세계에 신이 정말 있을까, 만약 있다면 인생의 대부분을 슬픔과 고통으로 괴로워하는 우리를 보며 어떤 생각을 하는 걸까, 궁금해져.”

그래요, 이해해요, 하지만 외로움은 괴물 같은 게 아니에요, 당신이 나의 외로움이거든요. 그렇게 빛나고 쓸쓸한 당신이.

거울처럼 빛나는 큰 물결 안에서, 알프스의 눈 속에서, 침몰하는 낮의 금빛 구름 안에서, 별들의 광야 안에서, 그대가 반짝인다, 아델라이데.

자주는 아니지만, 친구들이 찾아오는 날들이 있었다. 그럴 때면 나는 옷장 속에 숨었다. 그는 나의 존재에 대해 친구들이 아는 것을 원하지 않았고, 그의 집은 환히 트여 있는 원룸이었기 때문에 달리 숨어 있을 곳이 없었다.

“미안해, 아델. 잠깐이면 돼.”

옷장의 문이 닫히면 캄캄한 어둠이었다. 나는 어둠에 익숙해지기 위해 눈물이 날 때까지 한곳을 응시했다. 그러고 나면 어렴풋이, 어떤 형태들이 보이기 시작했다. 이를테면 옷장 안에 달린 작은 거울이 실제보다 더욱 어두운 어둠과 어둠 속의 나를 비추고 있는 모습을 희미하게 볼 수 있었다. 어쩌면 외로움은 정말로 괴물의 모습을 하고 있는 건지도 몰라, 나는 생각했다. 거울 속의 나는 발톱을 세운 괴물에게 곧 낚아채일지도 모른다는 공포와 절망에 사로잡혀 있었다.

내가 갇혀 있어서, 어쩌면 그가 나를 잊어버리고 영원히 처박아둘지도 몰라서 두려운 것은 아니었다. 그가 문을 열고 나를 다시 밖으로 데리고 나갈 때, 나는 더 이상 아름다운 아델라이데가 아닐 수도 있다는 것이 나의 공포고 절망이었다. 나는 거울을 외면하고 긍정적이며 아름다운 생각을 하려고 노력했다.

괜찮아, 나는 그의 비밀이니까. 최소한 아무것도 아닌 건 아니니까.

저녁 바람은 상냥한 나무 그늘 속에서 속삭이고 오월의 은방울들은 잔디에서 바스락거린다. 파도가 포효하고 밤꾀꼬리가 노래한다, 아델라이데.

그의 책상 위에는 낯선 여자의 사진이 들어 있는 액자 하나가 놓여 있었다. 늦은 밤, 술에 취해 집으로 돌아온 그는 한참 동안 책상 앞에 앉아 사진을 들여다보곤 했다. 그의 얼굴에 떠오른 것은 후회도 아니고 슬픔도 아니었다. 자신을 향해 사랑스러운 미소를 짓고 있는 그녀를 향해, 그는 마주 웃었다. 그리고 나를 돌아보며 말했다.

"아델, 내가 이 여자와 어떻게 헤어졌는지 알아?"

그런 밤이면, 그는 나를 의자에 앉혀놓고 그녀와 헤어진 그날의 일을 얘기해주었다. 하지만 그건 매번 다른 이야기였다.

"그녀를 바래다주고 집으로 돌아왔는데, 우편함에 편지 한 통이 들어 있었어. 어쩐지 그걸 열어보기 싫었는데, 원하지 않는 미래를 가져다줄 것 같다는 예감 같은 게 있었나 봐. 편지는 그녀가 보낸 것이었고, 아무리 그래도 읽지 않을 수가 없었지. 아주 짧은 편지였어. 다시는 만나고 싶지 않다는. 조금 전까지 그렇게 상냥한 얼굴을 하고 달콤한 말을 속삭이던 사람이었는데, 나는 뭔가 잘못되었다고 생각하고 그녀에게 전화를 했어. 하지만 받지 않았지. 다음 날에도, 그다음 날에도. 그것이 마지막이었어."

"굉장히 맑은 날이었어. 지금도 그날의 하늘이 기억나. 돌을 던지면 깨질 것처럼 얇고 투명한 푸른빛이었어. 나는 교차로에서 막 신호를 받아 좌회전을 하고 있었어. 그런데 자전거 한 대가 급히 달려오다가 내 차와 부딪쳤어. 어린 여자아이가 넘어졌고, 그다음은 잘 기억이 안 나. 정신을 차렸을 때 경찰관이 내가 사람을 죽였다고 얘기해주었지. 나는 그녀에게 아무런 해명도 하지 않고 연락을 끊었어. 자신의 연인이 누군가를 죽였다는 사실을 그녀가 영원히 몰랐으면 해서."

"아니, 내가 죽인 건 어린 여자아이가 아니야. 그녀가 나에게 이별의 통보를 한 날이었어. 그런데 그녀는 그런 말을 할 장소를 잘못 선택했지. 사람들이 북적거리는 광장이나 넓은 카페 같은 곳을 골랐어야 하는데, 그녀의 집에서 그 얘길 한 거야. 나는 조용히 알았다고 말하고 그녀가 방심한 순간 그녀에게 덤벼들어 목을 졸랐어. 그다음은 아주 간단했어. 그녀의 몸에서 힘이 빠져나가고 마지막 숨도 빠져나갔지."

헤어진 연인에 대한 사랑이 아직 남아 있을 때, 남자들은 그녀에 대한 구체적인 이야기를 하지 않는다. 마음을 완전히 정리한 다음에야 그녀에 관한 화제를 꺼내기도 하지만, 자신이 그녀를 얼마나 사랑했는지가 아니라 그녀가 자신에게 얼마나 빠져 있었는지에 대해 이야기한다. 그의 이야기에 진실은 없었다. 그는 매번 이별에 대한 다른 이유를 만들어내면서, 사실을 왜곡하려고 했다. 나는 그가 나를 사랑하지 않으며, 앞으로도 그럴 가능성이 없다는 것을 인정하지 않을 수 없었다. 그의 마음속에 나를 위한 빈자리는 없었다.

언젠가, 기적이여, 꽃필 것이다, 나의 무덤에, 꽃 한 송이가, 내 심장이 타고난 재에서, 선명하게 반짝일 것이다, 모든 보라색 잎들 위에서, 아델라이데.

그리하여 나의 마지막은 어떻게 끝났던가. 나는 꽃으로 피어났다가 시들었고, 새가 되어 노래를 부르다가 날아갔으며, 바람으로 그의 곁에 잠시 머물다가 문득 떠났다고, 그렇게만 얘기하고 싶다. 어느 날 옷장 속에 갇혔고, 그가 나를 잊어버렸고, 몇 년이 흐른 후 이삿짐을 정리하던 낯선 여자가 나를 발견한 일은 떠올리고 싶지 않다.

"웬 인형이야?"

그녀의 말에, 그는 잠깐 나에게 시선을 주었다가 곧 외면했다. 그리고 내가 그녀의 손에 의해 재활용 쓰레기봉투에 넣어진 채로 거리에 버려질 때까지, 아무 말도 하지 않았다. 아델, 하고 나의 이름을 한 번만 더 불러주었으면, 바라고 또 바랐지만 그런 일은 일어나지 않았다.

아주 맑은 날이었다. 돌을 던지면 깨어질 것 같은 얇고 투명한 푸른빛의 하늘에서 아름다운 괴물이, 빛나는 눈동자로 나를 응시했다. 그제야 나는 내가 영원한 어둠, 캄캄한 외로움 속에 영원히 갇혀버렸다는 것을 깨달았다. 이 세상에 기적은 없다.

아델라이데 프리드리히 폰 마티손(Friedrich von Matthison, 1761~1831)의 시에 베토벤이 곡을 붙인 가곡.

• • •

안단테
아르페지오

바다 가까이 있는 작은 마을, 대나무 숲이 우거진 곳에, 작은 집 하나가 있었습니다. 오랜 세월에 거쳐 천천히 빛이 바래간 삼각형의 오렌지색 지붕은 저녁 해가 마지막 빛을 떨어뜨릴 무렵에만 잠깐 반짝이다 곧 모습을 감추었고, 지붕 위에 비스듬히 서 있는 굴뚝에서 가끔 빠져나오는 연기는 눈꽃처럼 흩날리다 대기 중으로 흩어지곤 했지만, 그런 풍경을 유심히 본 사람은 아무도 없었습니다.

마을 사람들은 그 집을 '은자의 집'이라고 불렀습니다. 그들 중 누구도 카미유 피사로의 「은자의 집The hermitage」을 본 사람은 없었으니, 그림 속의 집과 놀라울 만큼 닮은 그 집에 그런 이름이 붙은 것은 아마 아름다운 우연이었겠지요.

—
안단테 아르페지오

한 남자가 그 집에 살고 있었습니다. 어떤 이는 그가 대나무 숲 속 깊은 곳에 밭을 갈고 욕망이나 쓸쓸함, 그리움이나 동경, 슬픔이나 비밀 같은 것을 재배한다고 했고, 또 다른 이는 그가 이른 새벽이나 늦은 밤, 아궁이에 불을 때고 시를 짓는다고 했습니다. 간혹 호기심 많은 이들은 대나무 숲 주위를 배회하며 그의 집에서 나는 소리에 귀를 기울였지만, 그들이 들을 수 있었던 것은 서쪽으로 불어가는 바람 아니면 짐승의 울음소리를 닮은 아코디언 소리뿐이었습니다.

남자가 언제부터 그 집에서 살기 시작했는지에 대해서도, 그들은 아는 것이 아무것도 없었습니다. 어떤 이는 그가 머나먼 이국땅의 왕으로 살다가 어느 어두운 밤 조각배를 타고 흘러 들어온 것이라고 했고, 또 다른 이는 그가 어느 여름날 소나기가 그친 후에 떠오른 무지개를 따라오다가 이른 새벽의 대나무 숲에 이른 것이라고 했습니다.

그가 서쪽 끝에 사는 마녀의 전 남편이라는 소문도 있었고, 춤솜씨가 빼어난 집시의 연인이었다는 소문도 있었지만, 사람들이 가장 좋아했던 이야기는 그가 떠도는 방랑자였다는 것이었습니다. 그는 세상에서 가장 아름다운 여인의 사랑을 얻었으나 한평생 떠도는 그를 기다려야 했던 그 여인의 마음은 돌이 되어 굳어버렸고, 그는 그 돌 하나를 가슴에 품은 채 세상을 향한 문을 영영

닫아버리고 은둔하게 되었다는 것이지요.

사람들은 그에 관해 말하기 좋아했지만 그가 어떤 사람인지 알고 싶어 하지는 않았습니다. 그렇게 해서 누구도 그가 어디서 왔는지, 어찌 살았는지, 또 어떻게 살고 있는지 모르는 채로 그의 이야기는 끝이 날 것처럼 보였습니다. 어느 저녁, 누군가 그의 문을 두드리기 전까지는.

탁. 탁. 탁.

대나무 숲 사이로 비쳐 나오는 작은 불빛을 따라 그곳까지 걸어와 문을 두드린 사람은 작은 소녀였습니다. 소녀의 작은 주먹이 내는 소리는 무거운 문을 통과하지 못한 듯, 안에서는 아무런 소리도 들리지 않았습니다.

탁. 탁. 탁.

소녀는 주먹에 조금 더 힘을 넣어 다시 한 번 문을 두드렸습니다. 그리고 속으로 열을 셌습니다. 열까지 세고 난 후 누구도 나오지 않는다면 그냥 돌아가야지, 소녀는 생각했습니다.

하나, 둘, 셋, 넷, 다섯, 여섯, 일곱, 여덟, 아홉, 열.

그대로 돌아서려다가 마지막으로 한 번만, 하고 다시 주먹을 쥐는데, 문이 열렸습니다. 놀란 것은 오히려 남자 쪽이었습니다. 전혀 기대하지 않았던 방문객이었으니까요. 남자는 무슨 말을 해야 할지 몰라서 소녀가 먼저 입을 열기를 기다렸습니다. 그러나 소녀는 무표정한 얼굴로, 그 자리에 그대로 서서 남자를 바라보았습니다.

"무슨 일이지?"

결국 남자는 먼저 질문을 던져야 했습니다.

"아저씨는 슬픔을 재배하는 사람인가요?"

"…그런 것도 하지."

"아궁이에 불을 때고 시를 짓기도 하나요?"

"그런 것도 해."

"아저씨는 돌로 굳어버린 마음을 갖고 있나요?"

"아마 그럴걸."

"구경할 수 있어요?"

"안 돼."

돌아서던 소녀가 다시 몸을 돌려, 다시 남자에게 말했습니다.

"내일 또 와도 되나요?"

남자는 아무 대답도 하지 않았습니다.

소녀는 거리에 대해 생각한다. 우주의 시간이 다할 때까지 빛의 속도로 날아가도 닿을 수 없는 곳에 있는 어떤 것과 나 사이의 거리. 혹은 너무나 가까운 곳에 있어 그 본래의 모습을 보는 것이 불가능한 어떤 것과 나 사이의 거리. 거리의 이쪽 끝과 저쪽 끝, 그 사이로 부는 바람. 바람의 속도. 혹은 이쪽 끝에서 저쪽 끝, 어디에도 이르지 못하고 서성이는 우리의 걸음. 걸음의 속도. 안단테.

다음 날 소녀가 온 것은 조금 이른 시간이었습니다. 남자는 밤새 타오르다가 꺼져가는 불씨에 잔가지를 던져 넣었고 곧 매캐한 연기가 피어올랐습니다. 장작 몇 개를 아궁이에 넣고 돌아서다가 남자는 소녀를 발견했습니다. 소녀는 아궁이 옆 바닥에 놓인 커다란 바구니를 바라보고 있었습니다.

"저 바구니는 뭐예요? 뭐가 들어 있나요?"

"글쎄."

"봐도 돼요?"

남자가 대답이 없자 소녀는 바구니를 향해 걸어가서 허리를 굽히고 그 안을 들여다보았습니다. 바구니 안에는 동그랗고 작은 색색가지의 열매 같은 것이 가득 들어 있었습니다.

"무슨 열매예요? 어떻게 할 건데요?"

"태우려고."

"왜요? 못 먹는 건가요?"

남자는 잠시 생각하다가 바구니에서 열매 하나를 꺼내어 소녀에게 건네주었습니다. 소녀는 그것을 받아 들어 가만히 심장에 대어보았습니다.

"뭔가, 이야기를 하려고 하는 것 같은데 잘 모르겠어요."

"익기 전에 떨어진 열매야. 씨앗을 얻을 수 없는."

"그럼 이게 욕망이나 쓸쓸함, 그리움이나 동경, 슬픔이나 비밀의 열매인가요?"

"아니. 그건 슬픔의 열매야."

"다른 열매들은 없어요?"

"오래전에는 있었지. 지금은 슬픔의 열매만 남았어."

"그런데 익기 전에 떨어져서 소용이 없는 건가요? 그래서 태워버리는 거예요?"

"그래."

"씨앗을 얻을 수 있는 열매들은 어디에 있어요?"

"다른 곳에."

소녀는 곰곰이 생각하다가 들고 있던 열매를 아궁이에 던졌습니다.

소녀는 시간에 대해 생각한다. 무無에게 유有가 속삭이는 그토록 은밀하고 친밀한 시간. 지극히 명징하고 공정한 시간. 그러나 파도처럼 흔들리고 모래처럼 흩어지는 시간. 소녀는 손바닥을 펴고 그 위에 놓인 시간의 무게를 가늠해본다. 한꺼번에 닥쳐오지 않고 과거에서 미래로, 미래에서 과거로, 또는 앞뒤와 전후로 오르내리는 시간. 시간의 완벽한 화음. 아르페지오.

　남자는 빈 바구니를 들고 대나무 숲 속에 있는 작은 밭으로 갔습니다. 그 밭에서는 슬픔의 식물이 슬픔의 싹을 틔우고 슬픔의 가지를 뻗어 올리고 슬픔의 꽃을 피우고 슬픔의 둥글고 작은 열매들을 맺고 있었습니다. 계절과 상관없이 제각각의 주기를 따라 성장하는 슬픔의 식물들 속에서 남자는 오래 머물렀습니다. 단단한 땅에 뿌리를 내린 씨앗을 솎아내고 오래된 가지를 쳐내고 시들어버린 꽃을 따고 잘 익은 열매를 골라 바구니에 담아 돌아오다가, 그는 조그마한 연못 앞에서 걸음을 멈추었습니다.

　한동안 남자는 연못 속에 비친 자신의 모습을 바라보았습니다. 쑥스럽고 어색했지만 시간을 들여 찬찬히 하나하나 뜯어보았습니다. 그녀를 잃었을 때 자신의 일부가 죽었다고 생각했는데, 어째서 그 어디에도 죽음의 그림자가 내비치지 않는지, 그는 의아했고 곤혹스러웠습니다. 그의 모습 속에 들어 있는 것들, 이를테면 순수함과 어리둥절함, 낯선 것에 대한 호기심과 경계, 나르시시즘과 자존심, 엄격함과 신중함, 투명함과 두려움, 어른거리는 눈물은 그에게 아직 사랑이 남아 있다는 증거였으니까요.

　남자는 바구니에서 슬픔의 열매 하나를 골라 그 속에 들어 있는 씨앗을 꺼냈습니다. 그리고 연못 옆의 빈터를 덮고 있는 부드러운 흙을 파고 씨앗을 심었습니다. 며칠 후 연못 옆에서 슬픔의 식물 하나가 태어날 수 있도록, 그 식물로 인해 연못이 더욱 투명해지고 깊어질 수 있도록.

남자가 돌아왔을 때, 소녀는 남자의 집 문 앞에 기대어 잠이 들어 있었습니다. 남자의 기척에 깨어난 소녀는 꿈을 꾸듯 그를 올려다보았습니다. 노을이 대나무 숲 깊이 들어서서 물결 같은 길을 내고 있던 저녁이었습니다.

남자가 아궁이에 불을 때서 시를 지을 동안, 소녀는 옆에서 가만히 지켜보고 있었습니다. 남자는 소녀에게 시를 조금 나누어주었습니다. 디저트로는 슬픔의 열매를 반으로 잘라, 나누어 먹었습니다. 소녀는 씨앗을 갖고 싶어 했지만, 남자는 허락하지 않았습니다.

"씨앗을 키우기 위해서 필요한 것들을 넌 아직 갖고 있지 않아."

"뭐가 필요한데요?"

남자는 대답하지 않았습니다.

"슬픔의 식물은 슬픔으로 크는 거 아닌가요?"

"그렇지 않아. 그런데 왜 그게 갖고 싶지?"

소녀는 몹시 실망한 표정으로 고개를 숙였습니다.

"나는 아무것도 키울 수가 없거든요. 내 손이 닿으면 뭐든지 죽어버려서. 하지만 슬픔의 식물은 키울 수 있을 거라고 생각했어요. 그건 슬픔을 먹고 살 거라고 생각했어요. 그런 거라면 나한테 많으니까."

그날, 남자는 대나무 숲 바깥까지 소녀를 데려다주었습니다. 숲 속에서, 남자는 대나무 가지 하나를 꺾어 푸른 피리를 만들었습니다.

"그 대신 너한테는 이걸 줄게."

"아저씨는 이제 떠날 건가요?"

대답 대신, 남자는 한 가지 비밀을 얘기해주었습니다.

"슬픔의 식물을 키우는 건 기쁨이야. 빛나는 한순간의 추억이지. 언젠가 그것을 갖게 되면 대나무 숲 속에 있는 슬픔의 식물들을 찾아봐."

소녀는 피리를 받아 소중하게 품에 안았습니다.

"알겠어요. 아저씨가 떠나야 한다는 것도 알아요. 만약 이 숲의 대나무들이 서로 몸을 맞대고 총총하게 서서 자란다면, 바람은 이곳을 통과하지 못하겠죠? 어떤 바람도 여기서는 노래를 부르지 못할 거예요. 그런데 제가 슬픔의 식물들이 자라고 있는 곳을 찾을 수 있을까요?"

"너라면 찾을 수 있을 거야. 거리와 시간을 이해하고 있으니까."

소녀가 멀어질 때까지, 남자는 오래도록 그 자리에 서서 소녀의 뒷모습을 바라보았습니다.

그 이후, 남자가 어디로 갔는지는 아무도 모릅니다. 누구도 그가 떠나는 모습을 보지 못했습니다. 그러나 마을의 모든 사람들은 그날 밤, 대나무 숲에서 흘러나오는 아코디언 소리를 들었습니다. 안단테로, 아르페지오로, 슬픔의 물결로, 황홀하고 절박한 희망으로 세상의 꿈속에 깃들었던 그 소리, 덩굴처럼 삶을 휘감고 죽음을 돌아 나가던 그 소리는 지금도 대나무 숲의 바람으로 머물러 있습니다.

언젠가 당신의 가슴속에도 그가 남겨놓은 슬픔의 씨앗 하나가 문득 떨어질 것입니다. 그리고 언젠가 당신을 살아 있게 하고 죽고 싶게 만들었던 빛나는 한순간이 그 씨앗의 싹을 틔워 열매를 맺게 할 것입니다.

그렇게 되면 당신은 더욱 깊어지고 투명해지겠지요. 그날, 어디에도 이르지 못하고 서성이며 시간의 무게를 가늠해보던 내가 그러했던 것처럼.

이런 밤이면, 그가 남긴 피리는 홀로 바람의 소리를 냅니다. 마

음껏 슬퍼하라고. 슬퍼하다 슬퍼하다 가벼워지라고. 그래서 하늘
이건 바다건 어디건 날아가라고. 날아가서 하늘이 되고 바다가 되
고 무엇이든 맑고 환한 것이 되라고.

안단테 느리게, 걷는 정도의 속도로.
아르페지오 펼침화음 즉 화음을 이루는 각 음들을 한꺼번에 소리 내지 않고 아래에서 위로, 위에서 아
래로, 또는 오르내리는 꼴로 내도록 한 화음.

—
안단테 아르페지오

● ● ●

아무도
말한 적 없는
슬픔

●

    소스라치며, 그녀는 잠에서 깨어난다. 조금 전까지 그녀의 손을 덮고 있던 커다란 손, 그것이 누구의 것인지 그녀는 알고 있다. 오래전에 그녀를 굳게 잡고 있던 손이다. 이별의 순간이 올 때까지, 그 손은 한 번도 그녀의 손을 놓친 적이 없었다. 그런데 그녀는 지금 손의 주인공인 그의 얼굴을 떠올릴 수 없다. 그녀는 당황하여 몸을 일으키고, 사이드테이블에 놓인 컵을 들어 물을 한 모금 마신다. 그러나 정작 그녀를 놀라게 한 건 꿈속에서 느낀 손의 감촉도, 그의 얼굴을 떠올릴 수 없다는 믿지 못할 현실도 아니다.

    그녀는 갑자기 깨닫는다. 그 사람은 그녀를 정말로 깊이 생각했다는 것을.

그의 차에서 음악을 들은 적이 없다. 시동을 걸면 라디오가 소리를 내긴 했지만 그는 곧 꺼버렸다. 그 대신 그녀의 이야기에 귀를 기울이거나 그날 있었던 사소한 일들을 말하곤 했다. 간혹 이야기가 끊어지면, 낮은 목소리로 어떤 멜로디를 흥얼거리기도 했다.

"좀 크게 불러봐요, 무슨 노래예요?"

그녀의 말에, 그는 얼굴이 빨개져서 조금 크게, 노래를 불렀다.

"그래도 모르겠어요. 잘 좀 해봐요."

그녀의 놀림을 받으면서, 그는 어려운 문제를 설명하기 위해 애를 쓰는 아이처럼 혼란스러워했다. 그녀는 웃었고 그는 화가 난 사람처럼 입을 다물었다. 그녀는 무슨 말이든 할 수 있었지만 일부러 가만히 기다리곤 했다. 그가 곧, 다른 화제를 꺼내리라는 것을 알고 있었기 때문이다. 그는 시간을 재면서, 침묵이 너무 길어지기 전에, 할 이야기를 열심히 생각했다.

그가 무슨 이야기를 하든, 그녀는 열심히 들었다. 그가 아무런 이야기를 하지 않을 때도, 그녀는 열심히 들었다. 가끔은 이야기보다 이야기가 아닌 것 속에 더 많은 것들이 들어 있었다. 그의 간절한 마음은 항상 그 속에 담겨 있었다. 그때 그녀는 그것을 다 알아들었다고 생각했다. 그러나 실은 그렇지 않았다.

이상한 일이었다. 그녀는 지금까지 단 한 번도, 그의 마음을 짐작해본 적이 없었다. 그녀는 언제나 그를 향한 자신의 마음만 생각했다. 그가 그 마음을 받아들이든 아니든, 되돌려주든 말든, 상관이 없었다. 어느 날 문득 그의 손을 놓은 것은, 그녀의 마음이 가열된 전구처럼 꺼져버렸기 때문이다. 그녀는 완전히 소모되었고 텅 비어버렸다. 더 이상 그의 이름을 부를 수 없었다. 할 수 있는 것은 아무것도 없었다. 그저 자신에게 매일 이렇게 속삭였다.

누구라도 언제까지나 계속할 수는 없는 거잖아. 충분해. 그 사이에 크리스마스가 다섯 번이나 지났으니까.

강이 보이는 자리에 앉았을 때, 막 해가 지려 하고 있었다. 일행은 그와 그녀를 포함하여, 모두 네 사람이었다. 카페의 입구에는 반짝이는 크리스마스트리가 세워져 있었는데, 그는 아무 말도 없이 스쳐 지나갔다.

저기, 언젠가, 트리의 꼭대기에 있는 별을 갖고 싶다고 내가 말한 거, 기억나요?

그녀는 묻고 싶었지만 다른 사람들 때문에 그럴 수가 없었다. 일행들이 자리를 잡고 앉기까지, 그녀는 그대로 서서 기다렸다. 어느 자리에 자신이 앉아야 할지 알 수 없었기 때문이다. 창가에 자리를 잡은 그는 잠깐 망설이다가 그녀에게 자신의 옆자리를 가리켰다. 어느새 다른 사람들은 자리를 잡았고, 그 자리만 비어 있었다.

"강이네."

그녀는 그의 어깨 너머로 강을 바라보며, 혼잣말처럼 중얼거렸다. 떨어지는 햇빛을 받아 푸르고 붉게 물든 물방울들이 강의 표면을 종종걸음 치고 있었다. 메뉴를 들여다보던 그가 갑자기 자리에서 일어났다. 그녀는 무의식적으로 따라 일어났다.

"손, 씻으러 가시게요?"

그는 대답 없이 그녀가 비워둔 공간으로 빠져나갔지만 손을 씻으러 가진 않았다. 그 대신 그는 자신이 조금 전까지 앉아 있던 자리를 가리켰다.

"들어가요."

그녀는 고개를 갸우뚱하고 창가 자리에 앉았다. 그는 그녀의 옆자리에 앉았다.

"거기서 더 잘 보여요. 강."

일행들이 잠시 다른 이야기를 나눌 때, 그가 조용히 그녀에게 속삭였다.

그해 크리스마스에, 그들은 함께 있었던가? 아니다. 두 사람은 크리스마스를 함께 보낸 적이 없었다. 그 다섯 해 내내, 그녀는 그와 떨어져 그날을 견디었다. 그도 그랬을 것이다.

그녀는 생각한다. 나는 강을 보고 싶었던 게 아니라 강을 보고 있는 당신을 보고 싶었는데. 자리를 바꾸는 바람에, 할 수 없이, 나는 강을 핑계로 당신을 볼 수 없게 되어버리고, 집으로 돌아가는 길에 조금 우울했는데.

하지만 지금 그녀는 깨닫는다. 그 사람도 그랬다는 걸. 그녀가 강물에 시선을 둔 채 푸르고 붉은 물방울 위에 그의 얼굴을 그려 보고 있을 때, 그는 강을 바라보는 그녀를 응시하고 있었다는 걸.

그녀의 마음이 너무 깊고 한이 없어서, 그 마음을 받아주느라, 그는 자신의 마음을 꺼내 보일 기회를 여러 번 놓쳤다. 그들이 가끔 어긋났던 건, 서로를 너무 지나치게 생각했기 때문이다. 이를테면 두 사람이 마주 보고 있을 때, 그들은 각자 자신의 기준으로 상대방을 바라보게 된다. 그러다가 사랑에 빠지면, 그 사람의 시각으로 자신을 포함한 세상을 보기 시작한다. 서로의 위치가 바뀌어버리는 것이다.

나란히 서서 같은 곳을 보기 위해서는, 둘 중 하나만 움직여야 한다. 하지만 그들은 동시에 움직였다. 만나자마자, 계산할 틈도 없이, 본능적으로, 그는 그녀 쪽으로, 그녀는 그의 쪽으로. 그들은 나란히 서려 했지만 자리를 바꾼 채 다시 마주 서게 되었다. 모든 것이 미묘하게 어긋나고 그 간극은 점점 커져갔다.

"지금, 어디예요?"

가끔 그는 전화를 걸어 그녀에게 그렇게 물었다. 그때마다 그녀는, 그가 원하는 곳에 자신이 있으면 좋겠다고 간절히 바랐다. 그래서 대답 대신 그에게 되물었다.

"당신은 어딘데요?"

그렇게 물으면서 그녀는 그에게로 가고 있었다. 그가 있을 것 같은 그 어딘가로. 그녀에게 전화를 걸면서 그는 그녀에게로 가고 있었다. 그녀가 있어야 할 어딘가로. 그는 종종 차를 돌려야 했다. 그녀는 종종 택시를 멈추고 내려야 했다. 정신을 차려보면 그들 사이에는 처음보다 더 먼 거리가 존재하고 있었다. 누군가 한 사람은 그 자리에 있어야 하는 거였는데.

그와 함께 있을 때, 그녀는 그의 이야기를 흔히 놓치곤 했다. 그녀는 도무지 집중을 할 수 없었다. 그의 사소한 동작 하나하나가 마음에 걸려, 다음으로 넘어갈 수가 없었다. 그가 하는 이야기도 마찬가지였다. 단어 하나하나가 그녀의 심장에 새겨져서, 차고 넘쳐흘렀다. 그녀는 감정의 폭풍 속에서 몸을 떨며, 어서 빨리 그 순간이 지나가기를 기다렸다.

"내 이야기, 듣고 있어요?"

그가 물었을 때, 그녀는 겁에 질려 고개를 흔들었다. 듣고 있어요, 하는 말은 나오지 않았다.

"목소리를, 듣고 있었어요. 그냥."

그는 어이없어하는 대신, 웃음을 터뜨렸다. 기쁜 얼굴이었다.

그와 헤어져 집으로 돌아오면, 그녀는 그대로 쓰러졌다. 영원히 함께 있고 싶고 헤어질 때마다 마음의 일부가 죽어나가는 것 같았지만, 헤어지고 나면 차라리 안도였다. 비로소 심장이 정상으로 돌아오고 온몸에 피가 돌았다. 그건 거대한 희망이나 거룩한 천사 같은 존재에게 혈관이 터질 때까지 안겨 있다 풀려난 느낌과 흡사했다.

삶의 마디마디는 절절한 허무다. 허구다. 허상이다. 그들에게 삶은 그런 것이었다. 그런 삶 속에서 만나, 죽음처럼 그들은 서로를 원했다. 그녀는 그와의 이별을 수백 번이나 상상했다. 그래서 정작 이별이 다가왔을 때, 그녀는 의아했다. 밥을 먹고 잠을 자고 다음 날 아침에 눈을 뜨는 자신이 다른 사람처럼 여겨졌다.

"안 먹고 있잖아. 전혀."

어느 날 친구가 그렇게 말했다. 친구는 그녀에게 저울에 올라가라고 명령했고 눈금을 확인하니 몸무게가 5킬로그램쯤 줄어들어 있었다. 일주일이 지났을 뿐인데. 그날 밤, 친구는 그녀의 곁을 지켰다.

"넌 밤새 잠들지 않았어. 단 한순간도."

다음 날 아침, 친구는 그녀를 데리고 병원으로 갔다. 딱히 병원까지 가야 할 이유는 없다고 그녀는 생각했지만, 그 생각을 입 밖으로 내기가 너무 피곤해서, 가만히 있었다.

"먹지도 않고 자지도 않아요."

그녀를 대신하여, 친구가 의사에게 말했다. 의사는 눈을 가늘게 뜨고 커다란 돋보기로 그녀를 살펴보았다. 그녀의 크고 아름다운 두 눈과 반쯤 벌어진 채 아무 말도 하지 않는 입술, 무엇인가를 잊으려 하는 손가락과 휘청거리는 다리까지.

"당장 수술을 해야겠습니다. 큰일 나겠어요."

의사가 말했고, 친구가 수술동의서에 사인을 했다. 그녀는 얼음처럼 차고 하얀 수술실로 안내되어 딱딱한 침대에 눕혀졌다. 수술복으로 갈아입은 의사가 들어와서 그녀의 입에 호흡기를 갖다 대었다.

"천천히 열까지 세십시오."

하나, 둘, 셋까지 세고 나서 그녀는 잠이 들었다. 아니, 의식을 잃었다. 그녀가 수술 도중 마취에서 깨어나 사람들의 이야기 소리를 들은 것은, 잠 또는 의식 잃음이 그녀에게 너무나 낯선 것이었기 때문이다.

"이렇게 지독한 건 처음 봤어."

의사가 말했다.

"정말이에요, 선생님. 어떻게 여태 살아 있었을까요?"

간호사가 대답했다. 그들은 그녀의 심장에서 꺼낸, 팔딱팔딱 뛰는, 붉은, 물컹거리는, 새끼손톱만 한 크기의 무엇을 들여다보고 있었다. '그것'은 하나의 생명체처럼 보였다.

"수술은 성공이에요. 그것을 떼어냈습니다. 심장의 반이나 갉아먹었습니다. 그대로 놔뒀으면, 심장을 통째로 빼앗길 뻔했어요."

의사는 자랑스럽게 그녀의 심장에서 떼어낸 '그것'을 보여주었다. '그것'은 이제 막 죽은 것처럼 보였다. 의사는 시꺼멓게 널브러진 그것을 푸른색 유리병에 넣고 정성껏 밀봉했다.

"당분간은 조심해야 합니다. 무엇보다 마음을 쓰면 안 됩니다. 심장에 치명상을 입힐 수 있거든요. 이걸 가져가시겠습니까?"

그녀는 고개를 끄덕였다. 간호사가 '그것'이 든 유리병을 포장하는 동안, 친구가 의사에게 물었다.

"이제 아무 문제도 없는 거죠? 시간이 지나면 회복되는 거겠죠?"

의사는 신중하게 고개를 갸웃거렸다.

"글쎄요, 장담은 못 합니다. 하지만 문제가 되는 부위를 떼어냈으니, 예후를 지켜보아야죠. 심장은 자랄 수도 있지만, 평생 반쪽으로 살아야 할 수도 있습니다. 여기 쓰인 증세가 나타나면, 응급실로 오십시오."

의사가 내민 종이를 친구는 한참 들여다보았다.

'과도한 눈물, 과도한 감상, 과도한 절망, 과도한 낙관주의…'

친구가 그것을 소리 내어 읽는 도중, 그녀는 참지 못하고 웃음을 터뜨렸다. 의사와 친구와 간호사가 걱정스러운 눈으로 그녀를 바라보다가, 마침내 진정제를 투여할 때까지.

그가 하나의 박스를 보낸 건, 그녀의 심장이 다시 자라기 시작한 지 한 달쯤 지났을 무렵이었다. 그녀는 거짓말처럼 멀쩡해져서, 그의 이름을 떠올려도 숨을 쉴 수 있었기 때문에, 상자를 보이지 않는 곳에 숨겨두는 대신 거칠게 포장을 뜯고 내용물을 살펴볼 수 있었다. 상자 속에는 종이로 만든 별 하나가 들어 있었다. 크리스마스트리 꼭대기에 매달려 있는 별이었다.

별을 상자에서 꺼내자 훅, 하고 그의 체취가 끼쳐왔다. 순간적으로 그녀는 몸을 움츠리면서 손에 쥐고 있던 별을 던졌다. 다섯 개의 뾰족한 모서리를 가진, 은빛 별을.

이렇게 뾰족한 것들은 반짝이지 않아.

그와 헤어지기 직전의 크리스마스이브에, 그녀는 그의 전화를 받지 않았다. 전화기는 다섯 번의 부재중 전화를 마지막으로 다음 날까지 침묵했다. 며칠 후 다시 만났을 때, 둘 다 그 이야기는 하지 않았다. 다만 헤어질 때, 그가 물었다.

"왜 화가 난 거죠?"

그녀는 미소를 지으며 고개를 흔들고 그의 손을 살짝 쥐었다 놓은 다음 차에서 내렸다. 그의 차는 그녀가 집으로 들어갈 때까지 골목 어딘가에 그대로 서 있었다. 그날 집으로 돌아와서, 그녀는 트리 꼭대기의 별 같은 건 필요 없다고 생각했다. 무엇인가가 끝나고 있었다. 이제 그의 곁을 떠나도 좋다고, 누군가 비로소 허락해주었다는 생각이 들었다. 그녀는 그에게 이별의 말조차 하지 않았다.

그녀는 용기를 내어 바닥에 떨어진 별을 집어 들었다. 집 안을 잠시 서성이다가, 사이드테이블에 놓인 유리병 앞에서 걸음을 멈추었다. 별은 푸른색 유리병과 함께 나란히 놓였다.

의사의 말이 맞았다. 수술은 성공이었다.

그러나 정말로 이상한 건, 그 사랑이 끝났을 때 왜 '그것'은 사라지지 않았을까, 하는 것이었다. 왜 팔딱팔딱 뛰며 심장을 갉아먹고 있었을까, 하는 것이었다. 깊은 밤, 잠에서 깨어나 그녀는 생각한다.

어쩌면 그건 나의 것이 아니었을지도 몰라.

물컵을 집으려던 그녀의 시선이, 푸른색 유리병과 별에 멎는다. 그녀는 하얀 천으로 유리병을 조심스럽게 싼 다음, 상자에 집어넣는다. 굵은 펜으로 주소를 쓰고 그의 이름을 쓰려 하다가, 그녀는 문득 손을 멈춘다. 그 밤에, 그녀가 아닌 다른 존재가 움직이고 있는 것을 느낀다. 무엇인가가 작은 기척을 내고 있다.

그녀는 다시 상자를 열고 유리병을 꺼낸다. 어쩐지 조금 붉은 빛깔이 되어버린 것 같은 '그것'이 슬쩍 몸을 뒤튼다. 반만 남은 그녀의 심장이 그것에 반응하며 울리기 시작한다.

어쩌면 이 사랑은 끝난 게 아니라는 것. 그 사람이 그토록 그녀를 사랑했으며 그 사랑이 변할 리 없다는 것.

그건 아무도 말하지 않은 두려운 미래, 아무도 말하지 않은 운명의 횡포, 그리고 아무도 말하지 않은 은밀하고 무한한 슬픔이다.

be my muse

●

그녀의 심장이 고장 났다.

"박동이 빨라지고, 몸이 울릴 정도로 심하게 뛰어요. 가끔 소
리도 들려요."

쿵쿵쿵, 울리는 심장 소리를 들으며 그녀가 말한다. 의사는 그
녀를 빤히 바라보다가 미소를 짓는다.

"사랑하는 사람이 생겼나요?"

"그럴 리가요, 아뇨, 그렇지 않아요."

그녀는 성급하게 부정하면서 고개를 흔든다.

"정말 아니에요."

쿵쿵쿵, 조금 전보다 더욱 빨라진 심장의 고동을 느끼며 그녀

는 불필요하게 덧붙인다. 의사가 웃음을 터뜨린다.

"알레르기 약을 바꾸셨죠? 지난주부터."

"아아."

그녀는 안심하고 납득한다. 그것 때문이었어. 그것 때문이야.

"바래다줄게."

에이의 말에, 그녀는 대답 대신 가방에서 이어폰을 꺼낸다.

"괜찮아. 걸어갈 거야."

"걸어가?"

"좀, 걷고 싶어서."

"늦었잖아. 택시 타. 잡아줄게."

"괜찮다니까."

이어폰을 귀에 꽂고 볼륨을 높이면서 그녀는 에이를 향해 손을 흔든다. 그의 얼굴에 난감한 표정이 떠올랐다가 곧 사라진다. 에이가 뭐라고 말을 하지만 그녀에게는 들리지 않는다.

잘 가라거나, 잘 자라거나, 그런 이야기겠지.

그녀는 응, 응, 대답하고 서둘러 등을 돌린다. 쿵쿵쿵, 심장의 울림이 다시 전해지기 시작한다. 노래의 박자에 맞춰 걷는 것에, 그녀는 집중한다. 노래의 가사에 집중한다. 집으로 가는 길, 늦은 밤, 지나가는 사람들과 차들에 집중한다.

—

be my muse

한 사람이 어느 건물 앞에 서서 누군가를 기다리고 있다. 한 여자가 건물 앞 계단에 주저앉아 무릎에 얼굴을 묻고 있다. 한 남자가 어쩔 줄 모르는 표정으로 그 옆에 서서, 그 여자에게 말을 걸까 말까 망설이고 있다. 누군가가 휴대폰의 버튼을 누르며 지나간다. 어떤 사람은 나무 아래 벤치에, 신문지를 덮고 누워 있다. 술에 취한 남자 둘이 택시를 잡으려고 큰길까지 나가자 요란한 클랙슨 소리가 울린다.

그녀는 피곤하고 다리가 아프고 심장 때문에 가슴이 먹먹하다. 그러나 쉬지 않고 걸어가면 언젠가 집에 도착할 거라는 것을 알고 있다. 이 순간이 영원히 계속되지 않는다는 것을, 머지않아 따뜻한 물로 샤워를 하고 침대 속에 들어가 달콤한 슬픔에 잠길 수 있다는 것을, 그녀는 알고 있다. 언제나 그랬듯이.

그녀가 사랑에 관해 알고 있는 것이라고는 단 하나. 모든 사랑은 언젠가 끝이 난다는 것이었다.

침대 속에서 달콤한 슬픔에 잠겨, 그녀는 에이를 생각한다. 두 사람의 만남은 전혀 로맨틱하지 않았다. 친구가 저녁을 먹자고 해서 나갔는데 거기에 에이가 있었다. 그녀는 낯을 가렸고, 그래서 그 자리가 불편했고, 불편하다는 기색을 보이지 않기 위해 많이 웃고 많이 얘기했다. 그렇게 하는 것이 괴롭거나 어렵지는 않았다. 화가인 에이는 밝고 낙천적인 사람이었고 이야기를 재미있게 하는 사람이었다.

헤어질 때, 에이는 그녀에게 명함을 달라고 했다. 그녀는 잠시 망설였지만, 거절하는 것도 이상할 것 같아 한 장을 건네주었다. 휴대폰 번호는 쓰여 있지 않으니까. 그녀는 단순하게 생각했다. 게다가 나한테 연락할 일이 뭐 있겠어.

에이가 그녀에게 메일을 보낸 것은 그로부터 일주일 후였다. 그녀는 이미 에이에 관한 것을 까맣게 잊고 있었기 때문에, 메일의 발신자가 누구인지 한참 생각해야 했다. 에이는 자신의 전시회를 오픈하게 되었다고, 시간이 되면 한 번쯤 보러 와주었으면 좋겠다고 썼다. 그녀는 메일을 닫아버렸고, 답장도 쓰지 않았고, 전시회 장소도 날짜도 잊어버렸다.

달갑지 않은 모임에 나갔다가 다른 사람들의 쓸데없는 수다를 잔뜩 듣고 집으로 돌아오던 밤이었다. 그대로 집으로 돌아가자니 어쩐지 억울한 기분이 들어서, 누구하고라도 좋으니 맥주라도 한 잔 마시면서 기분전환을 하고 싶어서, 그녀는 휴대폰을 만지작거리면서 잠깐 고민했다. 그러나 누군가를 불러내기에는 좀 늦은 시간이었다. 그녀는 떨어지지 않은 발걸음을 버스 정류장으로 옮겼다. 그때 누군가 그녀의 이름을 불렀다. 돌아보니 에이였다. 물론 처음에는 그가 에이인 줄 몰랐지만, 에이는 자신이 그때 만난 에이라고 설명해주었다.

그녀는 에이의 연인이 된 자신을 상상해본다. 그러자 마음 깊은 곳에서 달콤한 슬픔이 솟아오른다. 조금 울어도 좋을 것 같다고 생각하지만, 눈물은 나오지 않는다. 딩동, 짧고 간결한 신호음이 울린다. 그녀는 팔을 뻗어 휴대폰을 집어 든다.

잘 자.

에이의 메시지는 언제나 간결하다. 그 간결함이 슬픔의 여운을 만든다.

"다음 날은 조금 힘들었어요. 그 사람이 자꾸 생각나서."

의사는 고개만 끄덕인다.

"집중도 안 되고. 차를 몰고 가다가 나도 모르게 속력을 내서, 카메라가 있다는 걸 깜빡했어요. 아마 찍혔을 거예요."

"그러고 뭘 했죠?"

의사가 묻는다.

"작업실로 가서, 짧은 곡 하나를 만들었어요."

"마음에 들었나요? 그 곡이?"

"그럭저럭. 좀 더 다듬어봐야 알 것 같아요."

"그다음에는 뭘 했죠?"

"전화를 했어요."

"에이에게?"

"아뇨, 비에게."

의사는 고개를 끄덕이고 시계를 본다. 동시에 타이머가 울리기 시작한다. 그는 타이머를 멈추며, 그녀에게 마지막 질문을 던진다.

"심장은 좀 어때요?"

"견딜 만해요. 커피만 마시지 않으면."

에이에 대한 생각이 깊어지는 게 두려워서, 그를 필요 이상으로 좋아하게 될까 봐 겁이 나서, 그녀는 비에게 전화를 건다. 비는 저녁 시간을 비우겠다고 흔쾌히 대답한다. 비와 만날 때마다 약속 장소로 이용하는 서점에, 그녀는 조금 빨리 도착한다. 신간 코너를 서성이며 몇 권의 책을 집어 들지만, 머리에는 들어오지 않는다. 비를 기다리면서, 심장 소리를 들으면서, 그녀는 비를 처음 만난 순간을 떠올린다.

두 사람의 만남은 너무 로맨틱해서, 다소 비현실적이었다. 그녀는 가끔 그것이 진짜 현실에서 벌어진 일인지, 자신의 상상 속에서 일어난 일인지 모르겠다고 생각했다. 그들은 몽마르트르 언덕에서 만났다. 그녀에게는 칠 년 만의, 두 번째 방문이었다. 기억을 더듬어, 그 작은 카페를 찾아냈다. 처음으로 몽마르트르 언덕을 올라갔을 때, 그곳에서 만난 누군가가 그녀를 그곳으로 안내했다. 그녀는 그 카페에서 아주 잠깐 사랑에 빠졌고, 파리에서 돌아와 그를 위해 두 곡의 소품을 썼다.

그녀가 그날 밤, 카페의 테이블에 앉아 셰리주를 마시며 지난 추억에 젖어 있을 때, 누군가 피아노를 연주하기 시작했다. 그녀의 곡이었다. 그녀가 몽마르트르를 위해서 쓴, 그곳에서 만난 누군가를 위해 쓴 두 곡 중 한 곡이었다. 연주가 끝나고 연주가가 그녀의 테이블로 다가왔을 때, 그녀는 조금 취해 있었다. 셰리주를 세 잔이나 마신 후였다.

"오 년 전에 나온 앨범에 들어 있던 곡인데요."

"알아요."

자신을 비라고 소개한 남자가 대답했다.

"파리나 몽마르트르와 전혀 상관없는 제목이었는데요."

"그렇죠."

그녀의 앞자리에 앉으며, 남자가 대답했다.

"제 사진, 공개한 적 없는데요."

"이상하죠?"

남자가 미소를 지었고, 그녀는 이제 아무렇게나 되라는 심정이 되었다. 파리였고, 몽마르트르였고, 여행 중인 데다가 셰리주까지 마셨으니까. 짧고 격렬한 감정일 뿐이라고 그녀는 생각했다. 짧으니까 격렬하고, 격렬하니까 짧을 것이라고. 그것으로 충분하다고. 그런 만남이 여행 후까지 이어질 리가 없다고.

"가야겠어."

불현듯 자리에서 일어서며 그녀가 말한다. 아무런 예고도 없이, 헤어지기에는 조금 이른 시간에. 비는 별다른 표정의 변화 없이, 따라 일어선다.

빨리 집으로 돌아가서, 또 하나의 달콤한 슬픔에 잠겨, 오늘의 만남을 처음부터 끝까지 되새기고 싶다는 욕망에 사로잡힌 채, 그녀는 서둘러 비에게 이별을 고한다. 그녀의 머릿속에서는 이미 하나의 멜로디가, 그녀의 심장과 함께 울리고 있다.

그녀를 행복하게 만드는 것은 언제나 현재가 아니라 과거였다.

"갑자기 가야겠다, 라는 생각이 든 이유가 무엇이었을까요?"

질문은 언제나 의사가 한다.

"글쎄요. 선생님이 얘기해주세요."

그러나 의사는 결코 답을 말해주지 않는다. 그녀는 그걸 알고 있으면서도, 가끔 그에게 대답을 미루곤 한다. 얼떨결에 뭔가를 말해주지 않을까 기대하면서. 하지만 의사는 자신의 역할을 잊지 않는다.

"그런 생각을 하기 직전에, 어떤 일이 있었죠? 주고받은 대화라거나 몸짓 같은 거."

"별로."

대답은 그렇게 하면서, 그녀는 기억을 더듬어본다. 어쩌면 미래에 관한 어떤 구체적인 이야기를 비가 했을지도 모른다. 어디로 여행을 가고 싶다든지, 무슨 영화를 보고 싶다든지, 어느 레스토랑을 가고 싶다든지. 그녀와 함께, 라는 말은 하지 않았으나 그녀는 비가 원하는 것을 어렴풋이 느꼈고, 그래서 그 자리를 벗어나야 했다.

"그 사람, 만날 때마다, 이번이 마지막이라고 생각하거든요."

그녀는 그렇게만 말한다.

"어째서죠?"

"그래야 하니까. 처음부터 비현실적인 만남이었기 때문에, 현실이 되어버리면 곤란하잖아요."

"뭐가 곤란하죠?"

으음, 신음 소리를 내면서 그녀는 의자에 깊이 몸을 파묻고 눈을 감는다.

"선생님. 완벽한 현재라는 건 존재하지 않잖아요. 그건 내 마음대로 어떻게 할 수 없는 거니까. 하지만 과거는, 최소한 내 기억 속에서는, 완벽하게 재구성할 수 있어요. 기억을 채색하고 윤색하는 거죠."

그녀는 잠시 말을 멈추고, 의사를 빤히 바라본다. 의사는 계속하라는 의미로 고개를 끄덕인다.

"그게 나쁜 일인가요?"

"그 사람들이 언젠가 떠나버리면, 어떻게 할 겁니까?"

그녀는 소리 내어 웃는다.

"안 떠나요. 저는 그들이 원하는 것보다 항상 모자라게 주거든요. 그런데요…"

그녀는 웃음을 멈춘다.

"그거 아세요, 선생님? 뮤즈의 마지막 역할은 이별을 가르쳐주는 것이거든요. 그들이 그 역할을 제대로 해주어야 할 텐데."

"이제 어떻게 할 거죠?"

의사의 질문에, 살짝 미소를 지으며 그녀가 대답한다.

"사실은, 오늘 저녁에 시의 카페로 갈 예정이에요."

밤 열두 시가 조금 넘은 시간, 그녀는 시의 카페로 들어선다. 카운터 안쪽에서 음악을 틀고 있던 시는 그녀를 흘끗 보고 앨범 하나를 골라 플레이어에 집어넣은 다음 밖으로 나와, 그녀의 옆자리에 앉는다. 엘리엇 스미스가 노래를 부르기 시작한다.

"밖에, 비 와?"

아르바이트생이 그들 앞에 두 병의 맥주를 놓고 간 후, 시가
묻는다.

"왜?"

"여기서는 모르니까. 네가 나타나면 비가 오고 있는 건가, 싶
어서."

그녀는 후후, 웃고 맥주를 한 모금 마신다. 시가 손을 내밀어
그녀의 손을 잡는다. 엘리엇 스미스가 아홉 곡의 노래를 부르는
동안, 두 사람은 손을 잡은 채 아무 말도 없이, 다른 손으로 가끔
맥주를 마시며, 가만히 앉아 있다.

그날 밤 집으로 돌아왔을 때 그녀는 몹시 피곤하다. 그래- 회
상에 잠길 틈도 없이 그대로 쓰러져 잠이 든다. 그녀가 깨어난 것
은 새벽 네 시, 꿈에서 쫓겨난 채 한동안 어리둥절해 있던 그녀는,
갑자기 울음을 터뜨린다. 달콤한 슬픔의 눈물 같은 것이 아니다.
놀이공원에서 엄마를 잃어버린 아이가 터뜨리는, 막다른 골목의
절망적인 울음이다.

"그리고 다음 날, 좀 긴 곡을 썼어요. 중간에 멈추지도 않고. 끝
까지 한 호흡으로."

"마음에 들었나요?"

"그냥. 들을 만해요."

다른 날과 달리, 의사는 웃지 않는다.

"그것으로 괜찮은가요?"

그녀는 선뜻 대답하지 못하고 입술을 깨문다.

"선생님은 제가 어떻게 해야 한다고 생각하세요?"

어떻게 해야 한다고 말해줄 리 없다고 생각하면서도, 그녀는 묻는다. 의사는 테이블 위에 놓인 메모지에 뭔가를 써서 그녀에게 건넨다.

"이게 뭐죠? 사이트 주소처럼 보이네요."

의사가 고개를 끄덕인다.

"새벽 두 시에서 네 시 사이에만 접속이 됩니다."

그녀는 의사를 바라보며 다음 말을 기다리지만 그는 더 이상 설명하지 않는다. 타이머가 울린다.

'미래를 두려워하는 모든 이들을 위해 – 더 이상의 미래가 없는 곳으로'

사이트 대문에는 그렇게 쓰여 있다. 여행사의 홍보사이트일까, 쇼핑몰일까. 고개를 갸웃거리며 그녀는 대문을 연다. 새벽 세 시다. 그녀는 자신이 새벽 세 시에 잠에서 깨어나 이 사이트에 접속을 한 그럴듯한 이유를 찾아내고 싶다. 하지만 그런 건 없다. 그저 눈이 떠져 일어났더니 새벽 세 시였고, 혹시 에이가 메일을 보냈을까 하여 컴퓨터를 켰고, 에이와 비와 시, 누구에게도 메일이 오지 않았다는 것을 확인했고, 실망하여 로그오프를 하기 직전에 의사가 준 메모지가 기억났다.

'세계가 끝나는 곳으로 당신을 초대합니다'라는 글씨가 커서 아래에서 깜박이고 있다. 그것을 클릭하자, '세계가 끝나는 곳'에 관한 정보, 그곳으로 가는 방법, 프로그램 등이 화면에 떠오른다. 비용이 얼마나 드는지 궁금하여 뒤져보지만, 어디에도 돈을 지불하라는 이야기는 없다. 그곳으로 가는 방법은 간단하다. 화면의 사진 한 장을 다운받은 다음, 그것을 프린트하여 침대와 가까운 곳에 두고, 잠이 들면 된다. 바다와 하늘과 다리가 있는 사진이다. 그리고 그 다리는, 바다를 향해 뻗어가다가, 갑자기 뚝 끊어져 있다.

"이것을 가져가십시오."

다리의 입구에 서 있던 사람이 그녀에게 건네준 것은 하나의 작은 동전이다.

"이게 뭐죠?"

"끝까지 가면 공중전화가 하나 있습니다. 이 동전으로 단 한 사람에게 전화를 걸 수 있습니다. 세계가 끝나기 전에."

그녀는 잠자코 동전을 받아 쥐고 걷기 시작한다. 걸어가는 동안 하늘은 단 한 번도 같은 모습을 보여주지 않은 채 끊임없이 움직인다. 다리 아래에서는 모든 덧없는 것들이 파도처럼 부서지고, 그녀의 마음은 한없이 가라앉는다. 더 이상 미래가 없다고 생각하자, 자신이 지금까지 얼마나 미래를 두려워했는지 알 것 같다. 아니 미래 그 자체가 아니라, 미래가 가져다주는 모든 변화를 그녀는 두려워했다. 그리하여 현재의 시간을 고정시키고, 그 안에서 꼼짝도 하지 않았다. 그 세계가 조금이라도 흔들릴까 봐, 그래서 그것이 미래에 어떤 영향을 미칠까 봐. 그리하여 그녀 자신이 영원한 외로움 속에 남게 될까 봐.

그러나 어쩌면 가장 외로운 순간은 언제나 지금이었을지도 몰라.

세찬 바닷바람이 그녀에게 달려와 부딪친다. 그녀는 피하지 않고, 걸음을 멈추지 않고, 끝까지 걸어간다. 다리는 바다 한가운데서 갑자기 뚝 끊어진다. 그리고 입구에서 만난 사람이 얘기한 대로, 공중전화가 하나 있다. 그녀는 손바닥을 펴서 그 안에 얌전히 놓여 있는 동전을 바라본다.

세계는 곧 끝난다. 나를 포함한 모든 세계가.

그녀의 마음이 그녀에게 속삭인다. 내가 마지막으로 전화를

be my muse

걸고 싶은 사람은 누구일까, 그녀는 곰곰이 생각하지만 단 한 사람의 이름도 전화번호도 떠오르지 않는다. 그렇다고 초조하진 않다. 오히려 평화의 본질과 가까운, 낯선 기분이 그녀를 휘감는다. 드디어, 그녀의 심장도 고요해진다.

파도가 높아지고 하늘은 점점 어두워진다. 그녀는 빙긋, 미소를 짓고 공중전화기에 동전을 집어넣은 다음, 천천히 다이얼을 누른다. 자신의 자동응답기에 대고, 조용히 허밍으로 하나의 멜로디를 부르기 시작한다.

"어디로 간 건지, 짐작 가는 데가 있습니까?"

에이가 묻는다.

"어떻게 된 걸까요…"

비는 혼잣말처럼 중얼거린다.

"자신을 위한 뮤즈가 되었을지도 모르겠습니다."

의사의 말에, 시는 멍한 표정을 짓는다.

"…돌아오면, 우리가 기다린다고 전해주십시오."

의사는 고개를 끄덕이고 그들을 배웅한다.

돌아오지 않을지도 모르는 뮤즈를 기다리며, 에이는 그림을 그린다. 비는 깊은 밤까지 피아노 앞에 앉아 연주를 한다. 시는 같

은 노래를 몇 번이나 반복하여 들으며, 하얀 종이에 몇 줄의 가
사를 쓴다.

좋은 시절

●

그녀가 할 줄 아는 건 사랑밖에 없었다.

　대문을 들어서자 장미 향기가 짙은 안개처럼 밀려들어 왔다. 정원은 온통 만개한 장미였다. 나는 자꾸 느려지려는 걸음을 재촉하여 고풍스러운 나무 문을 열고 저택의 거실로 들어섰다. 그 공간은 뭔가 이상했다. 나무랄 데 없는 취향의 가구들이 즐비하게 늘어서 있지만 묘하게 어우러지지 않았다. 연대별로 정리되지 않은 박물관, 시대와 유파를 무시하고 닥치는 대로 그림을 걸어놓은 미술관 같은 느낌이었다. 가구뿐만이 아니었다. 한쪽에는 19세기 교회에 있었을 법한 웅장한 오르간이 놓여 있는가 하면 다른 쪽에는 최첨단의 오디오 시스템이 있고, 한쪽 벽에는 워터 하우스의 「물의 요정」이 걸려 있는데 다른 벽에는 케빈 카터의 사진이 걸려 있는 식이었다. 굶주림으로 죽어가는 어린 소녀와 소녀의 죽음을 기다리고 있는 독수리를 찍은, 문제의 그 사진이었다.

"이 집에 처음 오는 사람들은, 다들 어리둥절해요."

젖은 낙엽 같은 목소리. 그러나 난 그녀가 어디 있는지 찾을 수가 없었다.

"이쪽, 창가예요."

내 키보다 큰 높이의 흔들의자 속에 푹 파묻혀, 그녀는 미동도 않은 채 창 너머 피어난 장미를 향해 멍한 시선을 주고 있었다. 그 기묘한 거실에 묵묵히 서 있는 가구나 벽에 걸린 그림의 일부처럼 보였다.

"와줘서 고마워요. 여러 사람한테서 당신 이야기를 들었어요. 당신이라면 분명 멋진 파티를 준비해줄 거라고. 스케줄은 괜찮은가요?"

그때까지 창밖에 머물러 있던 그녀의 시선이 천천히 나에게로 옮겨 왔다. 나는 선생님에게 불려온 학생처럼 다소곳이 서서, 네, 하고 대답했다. 파티플래너가 된 지 일 년, 크고 작은 파티를 열어왔지만 이처럼 대단한 기회가 올 줄은 몰랐다. 그녀의 파티를 성공적으로 치르고 나면, 나는 순식간에 톱클래스의 파티플래너가 될 것이다. 지금 잡혀 있는 일들을 모두 취소하고 위약금을 물어주더라도, 해야 하는 일이었다.

"비용은 신경 쓰지 말고 진행해줘요. 프로그램, 메뉴와 음식을 내는 순서, 게스트 리스트, 연주가들과 그들이 연주할 곡들, 드레스코드, 그 외에 필요한 사항들은 전부 여기 쓰여 있어요. 꽃은 정원의 장미로 족할 것 같고. 그때까지 지진 않을 거니까."

그녀는 내게 짙은 보라색 봉투 하나를 내밀었다. 나는 그것을 받아 들고 조심스럽게 물었다.

"날짜는 언제인가요?"

조금 난감한 표정으로, 그녀는 짧은 한숨을 쉬었다.

"그게, 아직 정해지지 않았는데. 일주일 후? 열흘 후? 그보다 더 늦어지진 않을 거예요."

나 역시 난감한 표정이 되었다. 파티에서 가장 중요한 것은 시간이다. 손님들이 우아하게 파티를 즐기는 동안, 뒤에서는 전쟁 같은 상황이 벌어진다. 전쟁터의 흔적을 누구도 눈치채지 못하도록, 물 흐르듯 파티가 흘러가도록 하는 것이 나의 역할이다. 그렇게 하려면 시간을 초 단위로 나눠서 계산하고 준비해야 하는데, 날짜가 불투명하면 타임 테이블을 짤 수 없는 것은 물론이고 손님들에게 보낼 초대장조차 만들 수가 없다. 일주일에서 열흘쯤 후에 와달라고 할 수는 없지 않은가. 하지만 어째서 날짜를 정하지 않은 걸까? 드레스코드까지 정해놓고?

"저기, 어떤 목적으로 열리는 파티인가요? 그러니까 생일 파티인지 웨딩 파티인지…"

솔직히 내가 기대한 것은 그녀의 웨딩 파티였다. 나뿐 아니라 이 세상 모든 사람들이 기대하고 있을 것이다. 그녀는 무수한 남자들과 무수한 스캔들을 뿌렸으나 누구와도 결혼을 하지 않았으니까. 내 질문에 그녀는 미소를 지었다. 노란 장미처럼 우아하고 도도하지만 어쩐지 연민을 불러일으키는 묘한 미소였다.

"장례식이에요. 이 세상에서 가장 아름답고 즐거운 파티가 되게 해줘요."

"나는 운이 좋았어요. 언제나 내가 원하기 전에 모든 게 이루어졌어요. 나는 사람들이 원하는 모든 걸 가졌는데, 나를 미워하는 사람조차 없어요. 참 이상하죠. 내가 할 줄 아는 건 사랑밖에 없었는데."

몇 달 전, 어느 기자와의 인터뷰에서 그녀는 그렇게 말했다. '내가 할 줄 아는 건 사랑밖에 없었다'는 그녀의 말은 지금까지도 사람들의 입에 오르내리고 있었다. 그것이 그 대단한 삶의 비밀이었다는 사실에 사람들은 놀라고 또한 기뻐했다. 하지만 나는 그 말이 어딘지 이상하게 여겨졌다. 뭐가 이상한지는 몰랐지만, 뭔가가 아주 많이 이상했다. 그녀가 죽음을 앞두고 있다는 사실을 알게 된 이후, 나는 비로소 그 말의 이상한 부분이 무엇인지 깨달았다. 그녀는 과거형을 쓰고 있었다. 사랑밖에 없다, 가 아니라 없었다, 라고.

그녀는 이 세상에 존재하는 모든 재능을 가진 사람이었다. 그 재능이 너무도 독보적이어서 질투하는 사람조차 없었다. 그녀는 우리와 다른 존재이며 우리에게 주어진 눈부신 선물이었다. 별처럼 무수하게 반짝이는 그녀의 재능이 만들어낸 결과물은 우리가 사는 세상을 빛나게 했고 우리의 삶을 보다 고귀한 것으로 만들었다. 그녀의 아름답고 흥미진진한 소설들, 그녀가 만든 슬픈 노래들, 오르간과 첼로 연주가 담긴 그녀의 레코딩, 그녀가 디자인한 보석들, 어딘가의 또는 누군가의 가장 빛나는 순간을 포착해낸 그녀의 사진들, 신비롭고 몽환적인 그녀의 그림들…

원하기 전에 모든 것이 이루어지는 삶이 끝나고, 원하기 전에 죽음이 왔다. 그녀의 예언대로, 그로부터 일주일 후에.

파티가 열리는 날까지, 내가 할 일은 거의 없었다. 그녀는 이미 모든 준비를 끝낸 다음 나를 불렀다. 파티를 위한 스태프들은 언제든지 달려와서 한 시간 내에 완벽한 세팅을 할 수 있는 프로페셔널인 동시에 그녀의 수족과 같은 사람들이었다. 파티가 시작된 후에도 내가 체크하고 간섭하고 신경 쓸 일은 없어 보였다. 알고 보니 그들은 그녀의 지시에 따라 한 달에 한 번 이상 파티를 열어왔던 것이다. 그녀의 지인들만을 위한 은밀한 파티여서 누구도 알지 못했을 뿐. 시간이 흐를수록, 왜 나에게 도움을 청했는지 알 수가 없어졌다. 파티 하루 전날, 그녀가 나를 부르기 전까지.

"날짜가 정해졌어요."

그녀가 말했다. 침대에 누워 있는 그녀는 지금까지 보았던 어느 사진에서보다 아름답다고 생각하며, 나는 고개를 끄덕였다.

"초대장은 이미 발송했어요. 내일이에요. 그래서 한 가지 부탁이 있는데."

신중하게, 토씨 하나 놓치지 않으려고 애쓰며, 나는 그녀의 이야기를 들었다. 말을 마치고 그녀는 눈을 감았다.

그날 밤, 저택의 모든 불이 켜졌다. 다음 날의 파티를 준비하기 위한 부산한 발걸음들이 밤새도록 저택을 오가고, 별들은 호기심 어린 눈을 빛내며 우리를 지켜보았다. 깊은 잠에 빠진 그녀를 본 것인지도 모르겠다.

너무하다 싶을 정도로 좋은 날씨였다. 해가 지고 나서도 은은한 햇살이 여운처럼 정원을 감싸고 있었다. 저녁 일곱 시가 되자 하얀 턱시도와 하얀 드레스 차림을 한 손님들이 오기 시작했고 여덟 시 전에 입장이 끝났다. 그날의 드레스코드가 화이트인 건,

정원에 피어난 가지각색의 장미들을 돋보이게 하기 위해서, 라고 그녀는 설명해주었다.

그녀의 부재에 대해 의아해하는 이는 없었다. 손님들은 취향에 따라 와인이나 칵테일을 마시며 달빛이 그윽하게 내려앉은 정원을 거닐거나 낮은 목소리로 이야기를 나누다가 가끔 웃음을 터뜨렸다. 밤이 깊어질수록 장미 향이 짙어지고 독한 술을 찾는 이들이 많아졌다. 위스키와 코냑, 보드카가 얼음과 함께 서빙되고 현악 4중주단은 비틀스를 연주하기 시작했다. 공기 중에는 포장을 뜯기 전의 선물 상자와 같은 기대와 흥분이 떠돌고, 사람들의 목소리가 높아지기 시작하고, 춤을 추는 사람들이 늘어났다.

자정이 이르기 직전, 나는 손님들 사이에 흐르는 긴장감을 알아차렸다. 불현듯 모든 이들이 움직임을 멈추고, 저택으로부터 솟아오른 시계탑을 올려다보았다. 뎅, 뎅, 뎅, 뎅, 뎅, 뎅, 뎅, 뎅, 뎅, 뎅, 뎅, 뎅… 열두 번째 종소리의 여운이 사라지자 공처럼 둥글고 말랑말랑한 침묵이 공간을 채웠다. 손님들 중 일부가 공의 표면에서 튕겨나가듯 코트를 집어 들고 돌아가고 남은 이들은 몇 개의 테이블에 나눠 앉았다. 남은 손님들이 서로의 잔을 채우는 동안, 나는 유심히 그들을 관찰했다. 그들 사이로 흐르는 묘한 경계심과 묘한 연대감으로 미루어보건대, 나이도 직업도 분위기도 달라 보이는 그들은 그녀의 연인들이었다.

—
좋은 시절

"그녀가 디자인한 보석들은 정말 대단했습니다. 화려하진 않았지만 그걸 몸에 지닌 사람을 보석처럼 빛나게 만들었어요. 하지만 정작 자신은 보석을 그다지 좋아하지 않았습니다. 내가 아름다운 세공을 할 수 있도록 열심히 디자인을 했을 뿐이라고 항상 얘기했거든요."

콧수염을 기른 남자가 먼저 입을 열었다.

"당신이 그 세공사군요. 그녀가 스무 살 때 만났다는."

와인의 라벨을 유심히 살펴보던, 길고 하얀 손가락을 가진 남자가 말을 이었다.

"사실 그녀는 첼로보다 바이올린의 음색을 좋아했죠. 하지만 피아노와 협연을 하기 위해 첼로를 선택했어요. 우리는 슈베르트의 「아르페지오네」를 좋아했고, 그 곡을 꼭 같이 연주하고 싶었거든요. 솔직히 그 정도로 해낼 줄은 몰랐습니다. 불가능한 일이었어요. 어떻게 첼로를 만져본 적도 없는 사람이 불과 몇 년 만에 그런 실력을 갖출 수 있었던 거죠?"

"그 앨범은 정말 명반이죠. 당신의 피아노도 좋았지만 그녀의 첼로가 내는 소리에는 뭐랄까, 풍성하면서도 결핍된 것이 있었어요. 마치 나를 더 사랑해달라고 애원하는 듯한 간절함 같은 것. 그게 사람들의 마음을 끌어당겼죠. 그녀가 나에게로 왔을 때, 그리고 첼로를 그만두겠다고 했을 때, 기쁘면서도 안타까웠습니다. 하지만 그녀의 관심은 이미 오르간에 온통 가 있었어요. 내가 오르간을 위해 작곡한 곡들을 연주하는 것만이 그녀의 유일한 소망이 되었죠. 나의 의도를 제대로 읽고 내가 원하는 연주를 할 수 있는 사람은 자신밖에 없다는 것을 알고 있었으니까요."

마르고 창백한 얼굴을 한 남자는 말을 마치고, 수줍은 듯한 미소를 지었다.

"내가 그녀를 처음 만났을 때, 그녀는 열일곱 살이었습니다."

긴 머리카락을 쓸어 넘기며, 다음 남자가 말을 받았다. 나머지 사람들이 부러운 시선으로 그를 바라보았다.

"나는 그녀가 다니던 학교의 미술 선생님이었습니다. 그때부터 나는 그녀를 눈여겨봤지만, 졸업을 한 다음에는 볼 수가 없었죠. 그러다가 십 년쯤 지난 후 다시 만났고 만나자마자 사랑에 빠졌습니다. 나는 학교를 그만두고 작은 화실을 열어 아이들을 가르치고 있었고, 그녀는 매일 그곳으로 찾아왔어요. 온종일 놀아줄 수도 없고, 무료할 것 같아서 그림을 그려보라고 했습니다. 처음에는 영 이상했어요. 딱히 재능 같은 건 없어 보였죠. 하지만 그녀는 계속했습니다. 그리고 정말로 사랑스러운 그림을 그리게 되었죠. 나중에 물어봤어요. 정말로 그림을 그리는 게 좋았는지. 그러자 그녀가 그러더군요. 선생님이 마음에 들어 하는 그림을 그리고 싶었던 게 전부였다고."

어디선가 초콜릿 향과 함께 연기가 흘러왔다. 한 남자가 막 불을 붙인 시가를 지긋이 빨았다가 연기를 내뿜고 있었다.

"두 편의 영화를 실패하고 나서, 영화감독으로서의 인생은 끝난 거라고 생각했죠. 그때 그녀를 만났어요. 내가 진지하게 다른 직업을 모색하고 있을 때, 그녀는 열두 편이나 되는 DVD를 들고 왔습니다. 영화라면 근처에도 가기 싫었지만, 어쩔 수 없이 그녀와 함께 그 영화를 전부 봤어요. 다 보고 났더니 그녀가 묻더군요. 당신이 다시 만든다면, 훨씬 잘 만들 수 있을 것 같은 영화가 이중에 있느냐고. 그 질문이 좀 이상하다고 생각했어요. 보통은 어떤 영화가 가장 좋았는지를 물어보니까. 여하튼 나는 심사숙고해서 한 편을 골랐습니다. 스토리는 괜찮은 것 같은데 너무 가볍게 풀어버린 듯한, 굳이 장르를 따지자면 로맨틱 코미디였어요. 나 같으면 한두 장면 정도는 느린 호흡으로 가고, 해피엔딩 대신 조금 모호한 엔딩으로 끝냈을 거라고 얘기했습니다. 그날부터 그녀는 글을 쓰기 시작했어요."

"그리고 당신이 그녀의 소설을 원작으로 영화를 만든 분이군요."

그때까지 묵묵하게 듣고 있던, 낮은 목소리를 가진 남자가 말했다.

"영화에 삽입한 음악들도 그녀가 만들었죠. 그런데 당신은…?"

영화감독은 시가를 다시 입으로 가져가며, 낮은 목소리의 남자를 향해 물었다.

"우리는 둘 다 여행을 좋아했어요. 지도를 보면서 가고 싶은 곳을 정하고, 그곳에 대해 이야기하는 게 큰 즐거움이었죠. 그런데 나는 사업을 하는 사람이라 도무지 여행 갈 틈을 낼 수가 없었습니다. 몇 번이나 계획을 세우고 티케팅에 숙소 예약까지 했지만 번번이 무산이 되고 말았어요. 그러다가 어느 날, 내가 그녀에게 제안을 했습니다. 혼자 떠나라고. 그곳에 가서 매일 나한테 편지를 써달라고. 어디서 무엇을 보고 누구를 만나고 무슨 생각을 했는지 알려달라고요. 그리고 그녀에게 카메라를 사주었습니다. 그녀는 어디든지 갔고 무엇이든 찍었어요. 아프리카에서 케빈 카터를 만난 것도 그때였죠. 그 사람이 자살한 후에 사진을 그만두었지만. 그녀가 세계를 돌아다니며 찍은 사진들, 여러분들이 잘 아시는 그 사진들이 바로 나를 위해 찍은 것들입니다."

사업가는 말을 마치고 나를 바라보았다.

"자신이 주최한 파티에 늦게 나타난 적은 종종 있었지만, 자정을 넘긴 적은 한 번도 없었습니다. 언젠가 그런 날이 오면, 우리보다 먼저 잠자리에 들어 조금 깊은 잠에 빠진 것으로 생각해달라고, 그녀가 그랬죠. …그녀의 마지막은 어땠습니까? 두려워하거나 아파하지는 않았나요? 미련이나 후회는?"

나는 대답 대신, 정원 한쪽에 조용히 앉아 있는 현악 4중주단을 향해, 그 곡을 연주하라는 신호를 보냈다.

『좋은 시절』은 그녀의 소설 중 한 편으로, 연인 중 한 명이었던 영화감독에 의해 영화로 만들어졌다. 여자 주인공이 마지막까지 몸에 지니고 다닌 목걸이를 디자인한 이도, 테마곡을 작곡한 이도 그녀였다. 원작이 된 책 표지를 그린 이도, 사운드트랙 앨범의 재킷 사진을 찍은 이도 그녀였다. 테마곡에서 가장 아름답고 처연한 첼로의 솔로 파트를 연주한 이도 물론 그녀였다. 그녀를 대신하여 현악 4중주단의 첼리스트가 솔로의 도입부를 시작하자, 사람들은 우물처럼 깊은 저마다의 생각에 잠겼다. 슬퍼하는 이는 아무도 없었다. 그녀의 부재가 아프지 않은 것이 아니라, 슬픔 같은 것에 내어줄 자리가 없기 때문이었다.

좋은 시절이었다고 그들은 생각했다. 이제 드디어 그것이 좋은 시절이었어, 말할 수 있게 되었다고 그들은 생각했다. 지금까지 차마 할 수 없었던 말이었다. 마지막 책장을 덮고 나서야 좋은 책이었어, 엔딩 크레디트가 올라가고 나서야 좋은 영화였어, 가장 최후의 음이 남긴 여운에서 벗어난 후에야 좋은 연주였어, 누군가와 완전히 헤어진 후에야, 아아 그는 참 좋은 사람이었어, 말할 수 있는 것처럼, 그 이야기는 반드시 과거형이어야 했다.

그 말을 하는 순간 무엇인가 달라져버릴 것 같은 날들이었다. 가까스로 균형을 유지하고 있었던 무엇인가가 흔들리고 불길한 그림자가 덮칠 것 같은 날들이었다. 그들이 한때 누렸던 것은 지나치게 완벽하고 나무랄 데 없는 시간이어서, 너무나 순수하고 절대적이어서, 아주 작은 실수 하나로도 더럽혀질 것 같은 불안함이 함께 존재했다. 그들이 그녀에게 받은 사랑은 사랑 그 자체여서, 서투른 회상이나 단정으로 훼손시킬 수 없는 거룩한 가치여서, 한 발자국만 가까이 다가서도 사라질 것처럼 위태로웠다.

하지만 이제 그들은 안도한다. 마지막까지 그들은 그녀를 지켰다. 그녀의 사랑을 지켰다. 그러니 오늘 밤만은 마음껏 축하를 해도 좋을 것이다. 좋은 시절은 이제 그 막을 내렸지만, 그것은 앞으로 천 년쯤 우리를 버티게 해줄 기억이 될 테니까.

나는 파티가 열리기 한 시간 전에 화장터에서 보내온, 은으로 만든 작은 상자를 가만히 열었다. 기다렸다는 듯이 바람이 불어왔다. 별처럼 반짝이는 은빛 가루들이 깊은 밤, 연인의 호흡처럼 부드러운 바람을 타고 맑은 대기 속으로 흩어졌다. 현악 4중주단이 왈츠를 연주하기 시작하고 행복한 미소를 띤 사람들이 자리에서 일어섰다. 세상에서 가장 아름답고 즐거운 파티가 이제 막 시작된 것이다.

●●●

국경의
레스토랑

"일어나. 오늘은 국경까지 가야 해."

"국경?"

"그래, 어제 얘기해줬잖아. 서둘러야 해. 예약을 해뒀거든."

국경이라니? 그런 이야기를 어제 들었던가? 나는 잠에서 덜 깬 눈으로 물끄러미 엠을 바라본다. 하지만 엠은 더 이상 설명할 이유가 없다는 듯 바싹 마른 수건을 던져준다. 수건을 받아 들고 목욕탕으로 들어가 수도꼭지를 틀고 얼굴에 묻은 잠을 씻어내며 다시 한 번 생각해보아도 국경이라니, 기억이 없다.

내가 기억을 하거나 말거나, 엠에게 중요한 건 오로지 예약 시간에 맞춰 국경까지 가는 일이다. 엠은 수동기어를 움직여 속도를 높이고 가끔 왼손에 들고 있는 지도를 본다.

"지도 정도는 네가 좀 봐주는 게 어때."

여행이 시작되던 날, 엠은 그렇게 말했다.

"나, 지도 같은 건 못 보는데. 지금 서 있는 곳에서 몸만 틀어도 어딘지 모르게 되는걸."

"지도를 못 보는 사람이 어디 있어."

엠은 반신반의하며 억지로 내게 지도를 떠맡겼지만 오 분도 지나지 않아 도로 빼앗아갔다.

"세상에는 별의별 사람이 다 있는 거야."

나는 안도의 한숨을 내쉬며 조그맣게 변명했다. 그런 이유로, 엠은 운전대와 지도를 동시에 잡고 국경을 향해 달려가고 있다. 나는 좀처럼 변함이 없는 창밖의 풍경을 드문드문 바라보다가 다시 까무룩 잠에 빠져든다.

"일어나. 다 왔어."

엠이 나를 깨운다. 우리는 숲 속의 꼬불꼬불한 길을 달리고 있다.

"숲이잖아? 여기에 레스토랑이 있어?"

엠은 입을 다문 채 빙그레 미소를 지으며 왼쪽을 가리킨다. 그의 손가락 끝에 작은 이층집 하나가 있다. 담쟁이넝쿨의 수많은 손가락들이 이층집을 감싸 안고 있다.

산속에 있다고는 믿기 어려운, 터무니없이 커다란 주차장에 엠은 차를 세운다. 이층집에서는 무언가 그리운 냄새가 흘러나온다. 빵 굽는 냄새 같기도 하고, 치즈나 와인 냄새 혹은 커피를 끓이는 냄새 같기도 하다. 레스토랑이라는 표시 같은 건 어디에도 없다. 입구라고 생각했던 곳에서 오른쪽으로 가라는 화살표를 만난다. 화살표를 따라가자 이층으로 올라가는 돌계단이 나온다.

덜컥.

문이 열린다. 기묘할 정도로 텅 비어 있고 이상하리만치 큰 공간이다. 얼핏 속으로만 셈을 해봐도 테이블은 스무 개 정도, 의자는 백 개 정도다. 손님은 아무도 없다. 주인도, 웨이터도, 주방장도 없다. 그리고 창가에 있는 테이블 하나에만 '예약'이라고 쓰인 푯말이 놓여 있다.

"잠깐, 손 좀 씻고 올게."

엠은 어딘가 깊은 안쪽으로, 아마도 주방이 있을 거라고 짐작되는, 하지만 캄캄해서 아무것도 보이지 않는 쪽으로 사라진다.

어째서 이런 곳에 와 있는 거야. 그런 생각을 하며, 나는 창밖을 내다본다. 어째서 벌써 저녁인 거야. 어째서 아무도 없는 거야. 어째서 엠은 돌아오지 않는 거야.

대답을 해줄 수 있는 사람은 아무도 없다. 엠은 돌아오지 않고, 자리를 안내해주는 사람도 없다. 레스토랑 내부의 풍경은 친숙한 동시에 낯설다. 찬찬히 실내를 둘러보던 나는, 낯섦의 정체를 파악한다.

담쟁이넝쿨이다. 레스토랑 건물을 온통 뒤덮고 있는 담쟁이넝쿨이 벽이며 테이블이며 의자며 아랑곳없이 여기저기 뻗어 있다. 마치 조그맣고 파란 손들이 밖에서 안으로 혹은 안에서 밖으로 감싸고 있는 느낌이다.

"아무래도, 여긴 국경이니까요."

저음의 목소리, 하지만 엠이 아니다. 흠칫 몸을 돌리자, 우스꽝스러울 만큼 커다란 주방장 모자를 쓴 사람이 왠지 쑥스럽다는 듯 두 손을 부비며 서 있다.

국경…? 오늘 아침 잠에서 깰 때부터 지금까지 몇 차례나 들었던 그 단어가 마치 태어나 처음 듣는 것처럼 여겨진다. 그 단어는, 혹은 단어가 지닌 형태와 의미는 어디에도 쉽게 끼어들지 못하고 동그마니 떠 있는 섬처럼 낮은 채도와 낮은 조명의 실내를 떠다닌다.

아니 그보다, 이 사람은 누굴까. 어디에서 갑자기 나타난 걸까. 모자를 보아하니 주방장인 것 같은데. 아니 그보다, 국경이니까요, 라니, 그게 도대체 무슨 말일까. 잠깐, 담쟁이넝쿨이 국경 때문이라는 걸까? 어째서? 아니 그보다, 그렇다면 이 사람은 내가 무슨 생각을 하고 있는지 알고 있다는 의미일까?

"경계를 의식하다 보면, 경계를 허물고 싶다는 욕망이 생기는 거지요. 안 그렇습니까? 사람도 그렇고, 동물도 그렇고, 식물도 그럴 거라 생각합니다만."

말하자면, 그런 이유로, 담쟁이넝쿨은 어떤 경계를 무시하고 안과 밖을 휘감고 있다는 뜻일까? 나는 경계의 표정으로 그를 바라본다. 그는 아무래도 상관없다는 듯 고개를 흔들고, 옷매무새를 고친 다음 곧은 자세로 서서 나를 응시한다.

"오늘은 토끼와 오리가 괜찮습니다. 애피타이저로는 차가운 셰리주와 수제 소시지, 원하시면 치즈도 맛보실 수 있습니다. 디저트로는 체리파이와 애플파이가 어떻습니까. 끔찍할 정도로 달지요. 메인코스의 와인은, 같이 오신 분이 고르고 계십니다."

"혹시 생선이나 해물은 없나요?"

내 질문에, 그는 고개를 갸웃거린다.

"없을 리가 없지 않습니까. 국경이니까요. 같이 오신 분은 이미 토끼를 고르셨으니까, 원하신다면 나눠 드실 수도 있겠지요."

바로 그때, 그의 커다란 주방장 모자가 꿈틀거린다. 그는 잽싸게 손을 올려 모자를 붙잡는다. 얼핏 모자의 한쪽 귀퉁이로 토끼발 같은 것이 보인 것 같았지만, 설마. 그럴 리가. 나는 어쩐지 조금 피곤해져서 조그맣게 한숨을 쉬고 의자에 앉는다.

"곧 준비하겠습니다."

주방장이 어딘가로, 그러니까 주방이 있을 것으로 짐작되는 깊고 어두운 곳으로 들어간 후에도 여전히 오지 않는 엠을 기다리며 나는 다시 한 번 찬찬히 실내를 살펴본다.

뭔가가 달라졌어. 아까와 달라. 하나하나의 풍경을 다시 한 번 유심히 살펴보던 나는, 담쟁이넝쿨의 위치가 조금 바뀐 게 아닌가 하고 자신 없게 의심한다. 그 생각은 잠시 후 확신이 된다. 그들은 계속 움직이고 있는 것일까? 하지만 한참을 보고 있어도, 최소한 내 시야 안에서, 움직임은 없다. 이번에는, 아예 하나의 초점을 정해놓고, 시간이 충분히 흐를 때까지 집중해서 본다. 그러다가 갑자기 몸을 획 돌려, 뒤를 바라본다.

슬금슬금.

내가 등을 돌리고 있을 때 분명히 느꼈던 기척이 일순간 사라지고 그 자리에 모종의 계획적인 침묵이 흐르고 있다는 걸, 나는 깨닫는다. 어쩌려는 작정일까. 이 조그맣고 파란 손들은. 이것은 적의일까, 호의일까.

눈이 아파져서, 나는 창밖으로 시선을 돌린다. 분명 날이 저물고 있었는데, 순식간에 어두워지겠다고 생각했는데, 낮과 밤은 여전히 동일한 비율로 섞여 있다. 시간이 정지하기라도 한 것처럼. 이상해. 이상해. 이상해. 이상한 것들을 계속해서 생각하고 있으면 점점 이상해진다.

음식이 가득 담긴 트레이너를 밀고 엠이 나타난다. 나는 흠칫하고 몸을 조금 뒤로 뺀다.

담쟁이넝쿨은 왜 불현듯 몰래 움직이고 있는 거지? 주방장의 커다란 모자 안에는 어째서 토끼 같은 게 들어 있는 거지? 왜 날은 더 이상 저물지 않고 언제까지나 해 질 무렵에 머물러 있는 거지? 그런데 나를 이곳에 데리고 온 엠은? 내가 엠을 어떻게 알지? 우리가 어디서 만났지? 어째서 엠과 나는 이런 곳에 와 있는 거지? 나는 그런 생각을 하고 있었다. 그래서 엠이 나타났을 때, 그것도 땅에서 솟아오르거나 하늘에서 뚝 떨어지지 않고 매우 정상적으로, 사라진 곳으로부터 등장했을 때 조금 놀랐다. 토끼가 나타나서 입을 열고 말을 걸었다면 별로 놀라지는 않았을 것이다.

"모든 게 한 번에 나왔어. 보통은 이런 식으로 서빙을 하지 않지만, 여긴 국경의 레스토랑이니까. 이해하지?"

접시를 하나씩 내려놓으며 엠이 말한다.

"하지만 이인분의 식사라기에는 양이 너무 많잖아."

거대한 소시지와 치즈, 해물 수프, 그리고 토끼 요리라고 추정되는 고기 요리를 바라보며 나는 말한다.

"그게 말이야, 사람들이 얼마나 먹을지도 모르는데 어떻게 일인분을 가늠하느냐고 주방장이 늘 투덜거리거든. 먹고 싶은 만큼 먹고, 남기고 싶은 만큼 남기면 돼."

엠은 이상하리만치 길고 가느다란, 그러나 내 눈에 더 이상 이상하지 않게 보이는 포크와 나이프를 들고 능숙하게 소시지와 치즈를 잘라 내 접시에 놓아준다.

"넌 해물 수프지?"

고개를 끄덕이며, 나는 엠의 접시를 바라본다. 엠은 입맛을 다시며 고기 요리를 나이프로 썰고 있다.

"먹어볼래?"

"그거, 토끼지?"

엠은 미소를 짓는다.

"네가 먹고 있는 소시지는 뭘로 만들었다고 생각해?"

나는 입으로 가져가던 포크를 그대로 든 채 멍하니 엠을 본다. 슬금슬금. 나는 기척을 느낀다. '슬금슬금'이다.

"봤어? 저기 식탁 위로, 담쟁이넝쿨이 기어 올라오고 있어. 아까부터 계속, 움직이고 있어."

엠은 아무렇지도 않다는 표정으로 담쟁이넝쿨을 흘낏 보고는 다시 토끼 요리에 열중한다.

"내버려둬. 어쩔 수 없어."

"무슨 소리야?"

"생명이 있는 것들은 서로 먹고 먹히는 거야. 그리고 다음 생명을 잇기 위해 노력하는 거지. 더구나 여긴 국경이야. 경계가 분명한 곳에서는 다들 경계와 싸우려 들지. 그리고 여긴 레스토랑이잖아."

"무슨 소리야?"

고장 난 인형처럼, 나는 똑같은 질문을 한다. 엠은 어깨를 으쓱하고, 정성껏 고기를 썰어, 입에 넣는다.

"어서 먹어. 최소한 먹고 있는 동안에는, 안전해."

"무슨 소리야?"

슬금슬금.

기척을 의식하며, 나는 치즈 한 조각을 입으로 가져간다.

주춤주춤.

포크를 놓는다.

슬금슬금.

나는 소시지 한 조각을 입으로 가져간다.

주춤주춤.

"무슨 소리야?"

말을 하는 동안 다가온다. 그들이.

슬금슬금.

"뭔가 남기고 싶은 게 있어?"

엠의 질문은 지나치게 구체적인 동시에 지나치게 모호해, 나는 생각한다. 하지만 그것이 어떤 의미냐고 되묻지는 않는다.

"없어. 한 가지만 빼고."

질문의 의도가 무엇이든, 나는 내가 하고 싶은 대답을 한다.

"뭔데?"

"아쉬움."

"아쉬움?"

"무언가 아쉬운 것을 남기고 싶어. 이만하면 충분해, 하고 끝낸 것들은 그립지가 않아. 그렇게 지나가고 나면, 그렇게 좋았던 그날이 그립지 않고 그렇게 좋았던 사람이 그립지 않아. 이러다가 그리움도 없는 삶을 살겠구나, 싶을 때가 있어."

엠은 창밖을 응시하며 와인을 마신다. 세 병째일까, 네 병째일까. 다섯 병째일지도 모르겠다. 더 이상 음식을 먹을 수가 없어서 엠과 나는 와인을 마시고 있다.

"아까부터 신경이 쓰이는데, 누군가 우리를 지켜보고 있는 것 같지 않아?"

취기를 빌어, 내내 마음에 걸리던 질문을 한다.

"신경 쓰지 마. 이쪽에서 신경을 쓰면 쓸수록 저쪽도 예민해지니까. 그보다, 뭔가 다른 이야기를 해봐."

저쪽이라니. 나는 입술 끝까지 나온 말을 꿀꺽 삼킨다. 누군지는 혹은 뭔지는 몰라도, '저쪽'을 예민하게 만들고 싶진 않으니까.

"엠, 전에도 여길 와본 적이 있어?"

"있지."

"그렇다면… 그렇다는 건, 그때는 무사히 이곳을 빠져나갔다는 거네?"

"그랬지."

"하지만, 아까, 분명히, 그럴 수 없을지도 모른다는 뉘앙스의…"

"맞아. 나도 방법은 몰라. 다만… "

"다만?"

"잠이 든 것 같아."

"누가?"

엠은 입을 다문다. 그렇다는 건, 잠이 든 건 엠이 아니라 '저쪽'이라는 것이다. 그리고 '저쪽'이 잠이 든 사이에, 엠은 이곳을 빠져나간 것이리라.

"하지만, 그걸 알면서, 어째서 여길 다시 온 거야?"

"그야, 여기만큼 맛있는 레스토랑은 지구에 없으니까."

엠은 그런 사람이다. 가장 단순한 이유로 움직이고, 그것에 대해 후회하지 않는다. 엠이 그런 사람이라는 것을 나는 잘 알고 있다. 그러니까 엠은 잘못한 것이 없다. 게다가 지금 당장은, 누구의 잘잘못을 따질 때가 아니다. 먹을 것을 다 먹었으니, 더 취해버리기 전에, 어떻게 이곳을 빠져나갈 것인가를 생각해야 한다.

"예전에, 담쟁이넝쿨에 대한 이야기를 들은 적이 있어."

문득, 나는 이야기를 시작한다. 엠은 계속하라는 표시로 고개를 끄덕인다.

"담쟁이넝쿨과 해바라기에 관한 이야기야."

"해바라기도 나오는구나."

엠은 기쁜 듯 미소를 짓고, 와인을 한 모금 마시고, 혼잣말처럼 덧붙인다.

"다행이다."

"오래전의 일이야. 햇살이 따뜻하게 비치는 어느 정원에, 해바라기가 살았어. 정원은 나지막한 담장으로 둘러싸여 있었어. 그리고 해바라기는 그 담장보다 조금 키가 작았지."

나는 이야기를 시작한다. 오래전의 일이라, 기억이 가물가물하다. 엠은 내 쪽으로 몸을 기울이고, 가만히 이야기를 듣는다.

"해바라기는 담장 너머의 세계가 궁금했어. 하지만 아무리 발돋움을 해보아도 담장 너머의 풍경은 보이지 않았지. 그 풍경을 보고 싶어 한 건 해바라기만이 아니었어. 우선 해바라기의 발치에서 자라나고 있던 채송화가 있었어. 그리고 정원 안의 작은 연못 근처를 배회하던 달팽이도 있었어."

"그 담장은 담쟁이넝쿨로 뒤덮여 있었어?"

엠이 묻는다.

"그래. 담장 너머의 세계를 볼 수 있었던 건 담쟁이넝쿨밖에 없었어."

스물스물.

'저쪽'이 움직인다. 포위망을 좁혀오는 것인지, 조금쯤 느슨한 자세를 취하는 것인지 혹은 그저 자세를 바꾸는 것인지는 알 수 없다.

"해바라기와 채송화와 달팽이는 몇 번이나 담쟁이넝쿨에게 물었어. 담장 너머에는 무엇이 있느냐고. 하지만 담쟁이넝쿨은 대답해주지 않았어. 딱히 약을 올리겠다는 의도는 아니었을 거야."

"응, 그랬을 거야."

엠이 수긍한다. 엠도 나도, 담쟁이넝쿨을 악역으로 만들어 비위를 건드리고 싶진 않다.

"그런 이유로, 해바라기는 다른 방법을 찾아야 했어. 우선 달팽이에게 희망을 걸어보기로 했지. 하지만 달팽이는…"

"달팽이지."

"응. 오랜 시간 애를 써도 기껏 몇 센티미터 기어 올라갔다가 툭 떨어지고 마는 거야. 상처투성이의 달팽이를 보고 채송화는 울음을 터뜨렸어. 해바라기는 그들을 달래기 위해 약속을 했어. 부지런히 자라서 반드시 담장보다 커지겠다고. 그리고 채송화와 달팽이에게, 자기가 본 것을 이야기해주겠다고. 하루, 또 하루가 지나갔어."

"해바라기가 충분히 자랐으면 좋겠는데."

"그랬어. 담장 너머를 볼 수 있을 만큼 자랐어."

"담장 너머에는 무엇이 있었어?"

"무엇이 있어? 하고 채송화와 달팽이도 물었어. 하지만 해바라기는 아무 말도 할 수가 없었어."

"무엇이 있었는데?"

"담장. 담장 너머에 다른 담장이 있었어. 담쟁이넝쿨로 뒤덮인 담장이었어. 그리고 그 담장 너머에… 해바라기가 있었어. 그 해바라기의 발치에는, 아마 채송화와 달팽이도 있었을 거야. 모든 것이 거울에 비친 듯 똑같았어. 그것이 그들이 꿈꾸었던 다른 세계였던 거야."

"담쟁이넝쿨은 알고 있었구나."

"알고 있었지."

"하지만 말이야, 그 이야기를 왜 해주지 않았을까?"

"글쎄, 이야기를 해주어도 믿지 않을 거라 생각했을지도 모르지. 무엇보다 담장 너머의 세계를 보겠다는 건 그들의 유일한 희망이었으니까. 나도 잘 모르겠어. 이 이야기에는 아무런 의미도 없고 교훈 같은 것도 없어."

"그 이야기를 누구한테 들었어?"

엠은 예기치 않았던 질문을 던진다. 나는 솔직하게 대답하기로 한다.

"잠을 잘 수 없었던 때가 있었어. 전화를 걸어서, 이야기를 들려달라고 졸랐지. 그 사람은 늘 이 이야기를 해주었어. 이야기는 매번 조금씩 달라져서, 나중에는 온통 헷갈리게 되었고 결국 한참 후에 내 방식으로 다시 짜 맞춰야 했어. 어쩌면 원래 이야기는, 담장 너머의 세계를 다 같이 보는 걸로 끝이 날 거야. 그 너머에 무엇이 있었는지 그 사람은 말해주지 않았던 것 같아. 그럼 난 그 너머의 세계를 상상하면서 잠이 들곤 했어. 오래전의 이야기야."

이유도 없이, 내 눈에 눈물이 맺힌다. 엠은 아무 말도 않고, 손가락을 입술에 갖다 댄다.

"왜?"

눈물방울이 매달린 눈으로, 나는 묻는다. 그리고 곧 깨닫는다. 우리는 믿을 수 없을 정도로 깊은 고요 안에 있다. 소리를 내는 것도 움직이는 것도 없다.

"지금이야."

엠은 입술만 움직여 말한다. 나는 고개를 끄덕이고 자리에서 천천히 일어난다. 드르륵, 의자 끌리는 소리가 레스토랑의 벽을 치고 달아난다. 휘청, 등 뒤에서 무언가 흔들린다.

"돌아보지 마."

입술로, 엠이 말한다. 돌아보면 안 된다. 얼마나 많은 이야기 속 주인공들이 돌아보지 말라는 경고를 듣고도 기어이 돌아보았던가. 그 결과 그들은 돌이 되었고 사랑하는 사람을 놓쳤고 삶과 시간과 희망을 잃었다. 돌아보지만 않으면, 그들은 아무것도 하지 않을 것이다. 엠과 나는 발소리를 죽이고 살금살금 레스토랑을 빠져나온다.

믿을 수 없는 일이지만, 아직도 해는 저물지 않았다. 차는 주차장에서 얌전히 기다리고 있다. 모퉁이를 돌며 안도의 한숨을 내쉰다. 하지만 안심하기에는 이르다. 차 한 대가 겨우 지나갈 수 있는 길 위에 지프 한 대가 멈춰 서 있다. 잔뜩 경계를 하고 있던 엠과 나는 지프 뒤에 서 있던 인상 좋은 노부부를 발견한다.

"갑자기 멈춰 섰지 뭡니까."

난감한 얼굴 가득 미소를 지으며, 노신사가 말한다. 엠은 지프를 살펴본다. 두 사람은 내가 알아들을 수 없는 말을 잔뜩 주고받는다. 나는 다른 쪽에 가만히 서 있던 노부인과 시선이 마주친다.

"어디로 가시는 길인가요?"

나의 질문에, 노부인은 우리가 막 빠져나온 이층집을 바라본다.

"레스토랑에요. 거기서 나오는 길이죠?"

"네, 하지만…"

나는 할 말을 잃어버린다. 노부인은 따뜻하게 그리고 단호하게 미소를 짓는다.

"결혼한 첫해에, 여기 왔답니다. 우리는 살날이 얼마 남지 않았어요. 이곳에서 저녁식사를 하는 것 말고는, 바라는 게 없답니다. 음식이 정말로 훌륭하지 않던가요?"

부르릉, 시동 걸리는 소리가 난다.

"하지만…"

나는 떨어지지 않는 발걸음으로, 다시 차에 오른다. 엠은 이미 운전석에 앉아 있다. 노부부를 태운 지프가, 천천히 우리를 지나쳐 간다.

"행운을 빕니다."

차창을 내리고, 엠이 인사를 건넨다.

"행운이라."

잠시 지프를 멈추고, 노신사가 중얼거린다.

"그럽시다. 당신들한테도 행운이 있기를."

그들이 멀어지고, 레스토랑이 멀어지고, 담쟁이넝쿨도 멀어진다.

"저기 말이야, 엠."

길은 순식간에 어둠으로 가득 찬다. 마치 어딘가에 웅크리고 있는 어둠들이 한꺼번에 풀려나온 것 같다. 나는 침묵을 깬다.

"응?"

"언젠가, 여기, 다시 오고 싶어?"

엠은 조용히 미소를 짓는다.

"정말로 훌륭하잖아. 이곳 음식은."

"하지만… 그걸로 끝이 나도 좋아?"

칭얼거리는 아이를 달래듯, 부드러우면서도 흔들림 없는 어조로, 엠이 말한다.

"너무나 행복해서 시간이 멈췄으면 할 때. 또는 너무나 불행해서 더 이상 생을 지속할 수가 없을 때, 운을 시험해보는 거야. 우리한테는 행복한 시간들이 아직 남아 있을 거라고 생각해. 그래서 그들이 우리를 보내준 거 아닐까? 그렇게 생각하면, 살고 싶지 않아?"

그렇다면 엠은 어느 쪽이었을까? 그 질문을 할 수가 없어, 그 대신 다른 걸 묻는다.

"아까 그 사람들한테 행운은 뭘까?"

"글쎄. 어느 쪽이든 행운으로 받아들일 것 같은데. 그보다, 음식이 아직 충분히 남아 있으면 좋겠다. 우리가 좀 많이 먹었잖아."

"응, 아직도 배가 불러."

배가 부르다, 하고 느끼자마자 졸음이 몰려온다.

"미안해, 엠. 나 잠깐, 졸고 싶어."

엠은 대답 대신, 부드러운 음악을 튼다. 까무룩 잠에 빠지기 직전, 낮고 조용한 엠의 목소리를 듣는다.

"푹 자둬. 내일은 국경의 음악회에 가야 하니까."

•••

국경의
음악회

●

"난 이제 가야 해."

엠이 그렇게 말할 때까지, 모든 것이 죄다 농담일 거라고 나는 믿고 있었다. 하지만 엠의 눈가에도 입가에도 장난기는 묻어 있지 않다. 나는 눈동자에 물음표를 백 개쯤 담고 원망하듯 엠을 바라보지만, 엠은 어쩔 수 없다는 듯 고개를 젓는다.

"나는? 나는 어떻게 해야 해?"

내 질문에, 엠은 무한한 인내심을 내포한 한숨을 쉬며, 조용히 타이른다.

"대기해야지. 여긴 대기실이잖아."

엠은 등을 돌리고, 우리가 걸어온 좁고 굽은 통로를 걸어, 시야에서 사라진다.

대기실이라고? 나는 멍하니 눈을 들어 하늘을 올려다보고, 내 주위를 둘러싸고 있는 검은 돌들의 벽을 바라본다. 벽과 벽 사이에 난 길들이 사방으로 구불구불 뻗어 있고, 그 길을 따라 바람이 흘러온다. 대기실이란 최소한 천장과 문으로 닫혀 있는 공간이어야 하는 게 아닌가, 생각해보지만, 물어볼 사람도 따질 사람도 보이지 않는다. 불안하고 어리둥절한 마음을 애써 누르며, 나는 대리석 테이블 앞에 놓인 의자에 주저앉는다.

엠과 내가 이 도시에 도착했을 때, 광장은 사람들로 넘쳐나고 있었다. 한낮의 열기가 천천히 식어가는 시간, 광장 한쪽에 놓인 거대한 바비큐 그릴 위에서는 고기와 감자가 익어갔고, 테이블 위에는 맥주잔들이 즐비했다. 그릴에서 퍼져 나오는 연기 때문에, 처음에 '그것'은 웅크리고 앉은 거대한 동물처럼 보였다. 기침을 하며 눈물을 훔치고 나자, 거대한 동물이 서서히 윤곽을 드러냈다. 늙고 고요했지만 여전히 위엄을 잃어버리지 않고, 자신의 존재감을 유감없이 드러내고 있는 '그것'의 정체는, 도시의 상징인 원형경기장이었다.

"시간이 좀 남았으니까, 맥주라도 한잔 마실래?"

엠이 물었고, 갑자기 타는 듯한 갈증이 느껴졌다. 우리는 학을 위해 만들어진 게 아닐까 싶을 정도로 길쭉하게 생긴 맥주잔을 하나씩 들고, 파라솔 아래로 들어가 앉았다.

"이 사람들, 음악회를 기다리고 있는 거야? 그런데 레퍼토리가 뭐야?"

어딘가에 팸플릿이라도 떨어져 있지 않을까 하고 두리번거리며, 내가 물었다.

"여긴 국경이잖아."

엠은 그렇게 말하고, 뭔가 그리운 것을 응시하는 눈길로 광장의 풍경을 바라보았다. 나는 엠의 다음 말을 기다렸지만, 그는 입을 다물어버렸다. 그런 것쯤은 군이 설명하지 않아도 알지 않느냐는, 핀잔 비슷한 것이 그의 표정 어딘가에 머무르고 있어 망설여지긴 했지만, 난, 궁금한 것은 못 참는 성격이다.

"무슨 소린지 모르겠어. 제대로 설명을 해줘."

엠은 부드러운 미소를 띠고 맥주잔을 기울여 맥주를 한 모금 마셨다. 하얗고 부드러운 맥주 거품이 그의 턱선을 타고 흘러내렸다.

"경계에 대한 열망 같은 것."

"무슨 소린지 모르겠어."

나는 고집스럽게 내 말을 반복했다.

"알고 있어, 너는. 오래전부터."

엠은 철없고 무분별한 어린 딸을 보듯 나를 바라보다가, 몸을 일으켰다.

"가자. 데려다줄게."

"데려다줘?"

"준비할 시간이 필요할 거야."

"무슨 소린지 모르겠어."

나는 앵무새처럼 같은 소리를 종알거리면서 의자에 몸을 묻었지만, 엠이 팔을 잡아당기는 바람에 일어나야 했다. 그리고 우리는 거대한 동물의 입 속으로 들어갔다.

몇 시쯤 되었을까. 나는 시간을 가늠해보기 위해 다시 한 번 하늘을 올려다보았지만, 시간의 흐름을 알려줄 아무런 단서도 찾을 수 없다. 하늘은 마치 그림처럼 머리 위에 붙박여 있고, 움직이는 것은 아무것도 없다. 단단하고 오래된 돌들의 벽과 대리석 테이블은 꿈쩍도 않고 침묵에 빠져 있다. 하긴 그런 것들이 마음대로 움직인다면 더 이상하겠지만.

이유도 모른 채 알지도 못하는 누군가를 무작정 기다리고 있어야 한다는 사실이 마음에 들지 않는다. 기척을 느낀 것은, 몸을 비틀며 자리에서 일어나려는 순간이다. 돌의 벽 너머에 검은 그림자가 어른거리더니, 곧장 나에게로 다가온다. 위협적이지는 않은 움직임이어서, 뭐가 어떻게 되나 보자 하는 심정으로 나는 다시 의자에 주저앉는다.

"안녕? 자네가 오늘 나의 프리마 돈나로군."

벽과 벽 사이에서 불쑥 나타난 검은 그림자, 거기에 매달린 하얀 수염 속에서, 목소리가 들린다. 고집 세고 고전적인 음색이다.

"프리마… 돈나…"

나는 바보처럼 입을 헤에 벌리고 말똥말똥 그를 바라보며 설명을 기다리지만, 그는 꿈을 꾸는 표정으로 한동안 먼 하늘을 응시한다.

"프리마… 돈나?"

물음표를 가득 담아 조금 더 큰 소리로, 나는 다시 한 번 그 단어를 되풀이한다. 그는 천천히 시선을 내리더니 뜻밖의 것을 보았다는 듯 눈을 동그랗게 뜬다. 그러고는 회한과 비애와 기쁨이 한껏 어우러진 미소를 짓는다.

"나한테 이 작품이 어떤 의미가 있는지, 잘 알고 있으리라 믿네. 자네도 알다시피, 나는 첫 번째 아내 마르게리타가 세상을 떠난 후 오래도록 혼자 살아왔어. 두 달 사이에 아내와 두 아이를 잃어버린 그 비극적인 일 이후에 말이야. 주세피나를 만났을 때 모든 것이 다시 시작되었지. 만약 내 인생에 주세피나가 없었다면, 나의 위대한 작품들은 세상의 빛을 보지 못했을 거야.「나부코」,「리골레토」,「일 트로바토레」,「아이다」… 내 전성기는 주세피나를 만난 후에 시작되었어. 오늘 자네가 공연할 「라 트라비아타」
도 물론이고!"

"뭘 한다고요? 제가?"

부당한 일이 벌어지고 있다는 것을 감지한 내 목소리가 팽팽
해진다.

"그때 우리는 파리에 머물고 있었네. 서로를 생각하는 마음은
지극했지만 여러 가지 이유 때문에 쉽사리 결혼을 할 수는 없는
상황이었고, 늘 사람들의 눈치를 봐야 할 때였지. 그리 길지 않은
여행이었지만 파리에서 우리는 자유로웠네. 그곳에서 우리는 「동
백꽃 여인」이라는 연극을 보았어."

그는 내 말을 듣지 못했거나 못 들은 척하고, 자기 이야기에
열중한다.

"그날 밤에 나는 잠을 잘 수가 없었네. 연극의 원작자 뒤마 피
스는 자신의 이야기라고 했지만, 그건 또한 나와 주세피나의 이야
기이기도 했지. 서로 사랑하지만 상황에 의해, 주위 사람들에 의
해 헤어져야만 하는 연인의 이야기. 그래서 나는 생애 최초로 사
랑 이야기를 테마로 한 오페라를 작곡했네. 초연은 대실패였어. 폐
결핵으로 죽어가는 여자 주인공이 너무 뚱뚱했거든. 하지만 두 번
째 공연은 성공했지. 나는 비올레타에게 '동백꽃 여인' 대신 '라 트
라비아타'라는 이름을 붙여주었어. '버려진 여자'라는 뜻이라네."

하얀 턱수염을 쓰다듬으며, 영민한 눈을 빛내며, 그는 잠시 '라 트라비아타'라는 이름을 음미한다.

"무엇보다 비올레타의 심리를 잘 표현해야 하네. 처음 등장할 때의 그녀는 파리 사교계의 여왕이야. 사랑은 덧없으니 이 순간을 즐기자는 것이 그녀의 인생관이지. 그런 여자가 알프레도를 만나 모든 것을 내던지는 거야. 자기밖에 모르던 여자가 사랑을 위해 희생하는 것, 거기서 눈물과 감동이 나오는 것이네. 자네도 그 정도는 겪어봤겠지? 사랑이 사람을 변하게 하는 위대한 순간 말이야. 자, 시간이 얼마 남지 않았네. 서둘러 준비를 하게."

「라 트라비아타」의 작곡가 주세페 베르디는 커다란 두 손을 우아하게 들어 올려, 리드미컬하게 두 번 박수를 친다. 치렁치렁 한 드레스와 머리 장식, 구두와 액세서리를 받쳐 든 두 소녀가 어디선가 나타나고, 멀리서 바이올린과 첼로, 비올라가 피아노에 맞춰 조율을 하기 시작한다.

화려한 가구에 둘러싸인 채, 화려한 드레스를 입은 내가, 화려한 손님들에게, 화려한 잔에 담긴 샴페인을 건네고 있다. 1막의 무대는 비올레타의 살롱이고, 머리 위에는 별들이 반짝인다. 무대라고 하지만 객석 같은 건 보이지 않는다. 다만 나를 주시하고 있는 파티의 손님들이 오늘 음악회의 관객이라는 사실을, 나는 본능적으로 깨닫는다. 「축배의 노래」를 부르고 있는 그들을 눈으로 훑다가, 엠을 발견한다.

"비올레타."

엠은 눈동자를 반짝이며 내 뺨에 키스를 하고, 의미심장한 윙크를 던지며 한 발자국 뒤로 물러선다. 엠에 의해 반쯤 가려져 있던 한 남자의 모습이 드러난다.

"소개할게. 이쪽은 알프레도 제르몽. 나의 벗이지. 당신을 오래도록 몰래 사모해왔다고, 오늘에야 내게 고백을 했어. 진실한 사랑을 믿는, 순진한 친구야."

나는 풋, 하고 웃음을 터뜨리고, 알프레도는 얼굴을 붉힌다. 피아노와 바이올린, 첼로와 비올라로 이루어진 4중주단이 왈츠를 연주하기 시작하고, 사람들은 왈츠의 스텝을 밟으면서도 나와 알프레도에게서 시선을 떼지 않는다.

"사랑이라니. 난 당신을 알지도 못해요."

알프레도의 얼굴이 다시 붉어졌다가 하얘진다. 그리고 무언가를 결심한 듯 결연한 표정으로, 피아노의 건반을 하나하나 짚어가듯 분명한 어조로 말한다.

"당신은 나를 사랑하게 될 겁니다. 우리는 이곳을 떠나 시골로 가서 살게 될 거예요. 모든 것이 정해져 있습니다. 운명이니까요."

내가 뭐라고 반박하기도 전에, 불현듯 음악이 끝나고, 모든 불빛이 사라지고, 사람들의 소음이 잦아든다. 급히 살롱을 빠져나가는 옷깃 소리를 들으며, 나는 어둠에 익숙해질 때까지 눈을 깜빡인다. 멀리서 뭔가 달려오는 소리가 들리는데, 그것이 말발굽 소리와 마차의 바퀴가 굴러가는 소리라는 것을 뒤늦게 깨닫는다. 누군가 내 팔을 잡아 마차에 태우고, 잠시 후 나는 어느 시골집 앞에 서 있다. 2막이야, 준비해. 베르디의 들뜬 목소리가 들려온다.

자신을 위해 모든 것을 버린 여자(그러니까, 나)를 사랑하여 행복해 죽을 것 같다는 내용의 노래를 불러대던 알프레도가 어디론가 가버린 후, 그의 아버지라는 사람이 찾아올 때까지는 그럭저럭 괜찮았다. 부드러운 색감의 앤티크한 가구들로 소박하게 장식된 이 집에는, 환한 빛이 흘러 들어오는 밝고 커다란 창도 있다. 낯설고 우습기만 하던 알프레도가 어느새 애틋하게 느껴지고, 내가 입고 있는 푸른 드레스도, 화려하지만 불편했던 1막의 드레스보다 훨씬 마음에 든다.

"그대 때문에 인생을 망친 경박한 놈의 아버지가 나요."

알프레도의 아버지 조르주 제르몽은 인상이 나쁜 사람은 아니다. 훤칠한 키에 반듯한 이마, 신중한 저음의 목소리를 가진 남자다. 하지만 그의 첫마디는 나를 당장 발끈하게 만든다. 내가 항의를 하려고 하자, 그는 황급히 내 말을 막는다.

"알프레도의 여동생이 결혼을 앞두고 있소. 오빠라는 자가 그대 같은 여자와 살고 있다는 사실이 알려지면 혼사는 이루어지지 않을 것이오. 그대는 파란만장한 과거를 가지고 있는 데다가, 병이 들어 살날도 얼마 남지 않았으니, 내 아들을 놓아주시오. 사랑을 위해 자신을 희생하시오!"

"병이 들어요? 제가요?"

그가 큰 소리로 기침을 하며 나를 끌어안는 바람에, 나는 더 이상 아무 말도 할 수가 없다.

"3막으로 가야 하오. 침실에서 죽어가는 장면. 당신을 오해한 알프레도에게 버림받는 장면이 그 사이에 있지만, 우리끼리 어떻게든 해볼 테니, 당신은 바로 다음 막으로 가시오."

내 귀에 대고 속삭이는 제르몽을 밀쳐내고, 나는 자세를 바로 잡는다.

"내가 왜요?"

불을 꺼! 막을 내려! 화가 난 베르디의 목소리가 들려온다.

"멈춰요!"

지지 않고, 나도 소리친다.

"이건 알프레도의 선택이고, 나의 인생이에요. 왜 우리가 다른 사람의 인생을 위해 희생해야 하는 거죠? 베르디, 당신이 위대한 작곡가인 건 사실이지만, 이런 건 사랑을 위한 희생이 아니에요.

당신도 결국 주세피나랑 결혼하지 않았나요? 거기, 어둠 속에 앉아서 나를 지켜보고 있는 당신들, 타인의 불행을 동정하는 게 재미있어요? 집어치워요. 만약 내가 병이 들어 죽을 운명이라면 받아들이겠어요. 하지만 납득이 가지 않는 희생 같은 건 할 수 없어요. 3막은 없어요. 모두 돌아가세요. 그리고 알프레도! 비겁하게 숨어 있지 말고 당장 나와요!"

지독한 침묵이 한동안 흐른 후, 나와 4중주단과 관객들을 배속에 품고 있던 거대한 원형경기장이 힘겹게 몸을 뒤척이며 천천히 우리를 토해낸다. 누군가 낄낄거리며 웃고 있다. 저건 베르디 같은데, 생각하며 두리번거리지만, 무대는 암전, 이미 아무것도 보이지 않는다.

엠과 나는 다시 사람들로 가득 찬 광장에 앉아 있다. 바비큐 그릴 위에서는 여전히 고기와 감자가 익어가고, 테이블은 더 많은 맥주잔들로 뒤덮여 있다. 그러나 원형경기장은 어디에도 보이지 않는다. 경기장이 있던 자리에는, 키가 큰 해바라기들이 동그란 얼굴을 맞댄 채, 무슨 일이 있었냐는 듯 천연덕스럽게 흔들리고 있다. 엠과 나는 차가운 맥주를 마시며, 폭신폭신하고 김이 모락모락 오르는 감자를 먹는다.

"맞아, 그건 베르디였어."

엠이 말한다.

"네가 잘도 망쳐버렸다며, 어찌나 즐거워하던지."

"그랬어? 화를 낼 줄 알았는데."

"그 사람은 경계를 싫어하니까."

무슨 소린지 모르겠어, 라고 말하려다 말고, 나는 해바라기를 바라본다.

"꽃들의 경계."

무슨 소린지 알 것 같다는 얼굴로, 엠은 나의 다음 말을 기다린다.

"이 세상 어딘가에 해바라기들이 피어 있어. 들판의 끝에서 끝까지, 웅성거리며, 솟구치며, 들썩거리며, 흔들리며, 피어 있어. 그 풍경을 보면 행복해질 것 같아서, 그곳을 찾아 떠나는 거야. 하지만 마침내 그곳에 도착했을 때, 해바라기들은 결계를 이루고 나를 경계하는 거야. 그리고 나는 그 안에 갇혀버리는 거지."

"지금은 어때?"

엠이 묻고, 나는 행복의 표본 같은 미소를 지어 보인다.

"세상에 행복은 없어. 다만 행복한 순간만 있을 뿐."

국경의
로즈가든

국경의 하루는 파도 소리로 시작된다. 육체와 영혼을 노곤하게 감싸 안고 있던 잠이 천천히 밀려가고, 그 자리에 바다가 밀려온다. 스르르 밀려왔다가 쏴아아 사라지는 소리에 맞추어 의식에 깜빡 불이 켜졌다가 다시 꺼지기를 반복한다. 잠에서 완전히 깨어나기 전의 몽롱한 육체를 일으켜 바다까지 걸어가 그대로 물속에 몸을 담그면 세계가 출렁, 하고 움직인다.

"잠에서 깨어나는 가장 기분 좋은 방법이야."

침대에 눌어붙어 있는 나를 재촉하며 엠은 그렇게 말한다. 기분이 좋은 건 알겠지만 수영복으로 갈아입는 것이 영 귀찮아서 나는 미적거린다. 혼자 다녀오라고 해도 엠은 고집을 부린다. 매일 아침, 이런 일이 되풀이된다.

232

"바다에서 감자칩 맛이 나."

입 안 가득 들어온 바닷물을 뱉어내며 나는 투덜거린다. 이즈음에 나는 왼쪽 호흡을 연습 중이다. 오른쪽으로 자유롭게 호흡을 하게 되었을 때, 왼쪽으로 호흡하는 법을 익혀보라고 엠이 말했다. 별거 아니라고 생각했는데, 수영을 처음 배울 때처럼 자꾸만 몸이 가라앉고 꼴깍꼴깍 물을 먹는다.

"감자칩 좋아하잖아."

엠은 손바닥으로 물을 튀기며 대답한다. 노래를 부르듯 즐거운 목소리다.

"어젯밤에 감자칩 한 봉지를 다 먹은 건 내가 아니야."

"응, 내가 다 먹었어. 한 봉지를 뜯으면 멈출 수가 없거든."

엠은 순순히 인정한다.

"그런데 왜 왼쪽 호흡을 해야 하는 거야? 오른쪽으로 하면 그렇게나 편한데."

나는 몸을 뒤집어 하늘을 바라보는 자세로 물결을 타며 가볍게 흔들린다.

"균형이지. 한쪽으로만 호흡을 하다 보면 아무리 신경을 써도 미묘하게 몸이 틀어지거든. 그렇게 비틀린 동작을 반복하면 몸의 한쪽이 상대적으로 무리를 하게 되잖아."

"그 정도로 오래 수영하진 않아. 선수가 될 것도 아니고."

"그럼 이런 이유는 어때? 왼쪽 호흡을 하기 전에는 오른쪽으로 호흡하는 게 그렇게나 편하다는 걸 몰랐지?"

아. 나는 짧은 감탄사를 뱉는다. 과연, 그렇다. 처음 수영을 배울 때는 오른쪽 호흡도 힘들었는데 어느새 다 잊었다. 왼쪽 호흡을 하며 새삼스러운 불편함을 겪지 않았다면 영원히 몰랐을 일이다. 그런 이유라면 물을 먹어가며 연습을 할 이유가 충분하다.

"인생이란 오묘해."

내 말에, 엠은 빙긋 웃고 더 깊은 바다로 헤엄쳐 간다. 나는 잠수를 하여 육지로 향한다. 갑자기 허기가 몰려온다. 어서 샤워를 하고 갓 구운 빵을 먹고 싶다.

"저 꽃 이름이 뭐야?"

리조트의 레스토랑에서 식사를 하고 돌아오는 길에, 나는 길가에 무더기로 피어 있는 노란 꽃들을 가리킨다.

"이름이란 무엇인가? 장미를 다른 이름으로 부른다 해도 여전히 그 향기는 달콤한 것을."

엠은 대답 대신, 과장된 몸짓을 곁들여 셰익스피어의 대사를 읊는다.

"그건 로미오와 줄리엣이잖아."

"오늘은 로즈가든에 가볼까?"

"장미를 보러 가는 거야?"

"아마 장미도 있겠지. 어쨌든 여긴 국경이니까, 뭔가 다른 게 있어도 이상할 건 없고."

"응, 그래서 기대가 돼. 하지만 그냥 장미만 잔뜩 있어도 좋을 거 같아. 아무튼 저 노란 꽃의 이름은 모르는 거야?"

"마리골드야. 국화과."

"마리골드? 어울리는 이름이네. 꽃잎이 겹겹이 쌓여 있어서 물결이 번져가는 거 같아. 혹시 꽃말도 알아?"

내 질문에 엠은 가벼운 조소가 담긴 휘파람을 분다.

"여자들이란."

"뭐야, 로즈가든에 가고 싶어 하는 것도 충분히 여자 취향이야."

"그럴지도. 하지만 꽃을 싫어하는 사람은 없지 않아? 여자건 남자건."

"그래서 꽃말을 아는 거야, 모르는 거야?"

"이별의 슬픔, 반드시 오고야 말 행복."

오늘따라 척척 대답을 내놓는 엠이 약간 의심스러워서 나는 눈을 세모로 뜬다.

"두 가지는 완전히 다른 의미인데?"

"내가 지어낸 게 아니니까, 나한테 뭐라고 하지 마."

잔물결처럼 흔들리는 마리골드를 바라보며, 나는 '이별의 슬픔'과 '반드시 오고야 말 행복'이라는 두 가지 꽃말을 저울에 달아본다. 한쪽에는 이별이라는 현재를, 다른 쪽에는 행복이라는 미래를 올린다. 저울은 팽팽한 균형을 유지한다.

"그런 꽃말을 만들어낸 사람은 어쩌면 막 이별을 하고 슬픔에 빠져 있었을지도 몰라. 그래서 운명이나 인생 같은 것한테, 행복이 반드시 올 거라는 다짐을 받아내려는 것처럼, 그런 꽃말을 붙였을 거야."

나는 그런 해석을 내놓고 자랑스러운 얼굴로 엠을 본다.

"그럴듯하네. 꽃말 중에는 그런 식으로 상반된 의미를 함께 가지고 있는 게 많아."

"그래도 가만히 생각해보면 뭔가 서로 통하는 게 있는 것 같아. 그런 게 조금씩 이해가 된다는 거, 재미있어. 어릴 때는 몰랐는데."

"여태 꽃 이름도 제대로 모르면서."

엠의 핀잔에, 나는 정색을 하고 대답한다.

"이름이란 무엇인가? 장미를 다른 이름으로 부른다 해도 여전히 그 향기는 달콤한 것을."

"붉은 장미를 원한다면, 환한 달빛이 떠오를 때, 당신의 노래로 만들어야 해요. 당신 심장의 피로, 꽃잎을 적셔야 해요."_ 오스

—
236

로즈가든 입구에 서 있는 조그마한 돌 위에, 오스카 와일드의 문장이 새겨져 있다.

"어쩐지 그로테스크한 환영이네."

나는 엠에게 귓속말을 한다. 입구 앞에 누군가 서 있다. 부드러운 갈색 머리카락과 생각이 많은 눈을 가진 사람이다. 입매는 반듯하고 얼굴의 윤곽은 조용하지만 단호하다.

"누구지? 누굴 기다리고 있는 것 같은데. 이 정원의 주인일까?"

엠도 목소리를 낮춰 내게 묻는다.

"누군지 몰라도, 오스카 와일드는 절대 아니야. 집요할지는 몰라도 날카롭지는 않은 인상이잖아."

그는 우리를 발견하고 정중하게 인사를 한다.

"제 이름은 피에르 조제프 르두테입니다. 피에르라고 부르십시오. 이 정원을 가꾸는 사람입니다."

"안녕하세요."

엠과 내가 명랑하게 합창을 하자 피에르의 얼굴에 미소가 살짝 어렸다가 사라진다. 혼자 오랜 시간을 보내는 사람들이 타인을 만날 때 보여주는, 불안과 설렘이 반반씩 섞인 미소다. 미소가 금세 사라진 건 그런 속내를 내보이는 것이 아직 불편하기 때문일 것이다.

"괜찮으시다면, 제가 안내를 하겠습니다."

물론, 우리는 두 손을 들어 환호한다. 어떤 일이 벌어질지 모르는 국경에서, 안내자보다 더 절실한 건 없다. 게다가 이 사람은 듣기 좋은 바리톤의 목소리를 가지고 있다. 엠과 나는 갓 태어난 오리들처럼 그의 뒤를 따른다. 입구에 들어서자 장미의 진한 향기와 짙은 색채가 한꺼번에 덮쳐온다.

"장미에 대한 이야기를 하려면, '가장'이라는 수식어를 여러 번 사용해야 합니다. 가장 아름답고, 가장 흔하고, 가장 사랑받고 있는 동시에 가장 악명 높은 꽃이지요."

피에르의 음색은 자줏빛 장미를 닮았다.

"그런 이유로 다들 장미에 대해 잘 알고 있다고 생각합니다. 장미가 지천으로 피어나는 계절에는, 그들을 위해 부러 발걸음을 멈추지도 않습니다. 하지만 장미의 입장에서 보면, 지상에 머물 수 있는 시간이 너무나 짧습니다. 가까스로 맺은 꽃봉오리가 속살을 드러내는 순간부터, 장미의 생명은 죽음을 향해 달려갑니다. 가장 안쪽에 숨어 있던 어린 꽃잎이 안간힘으로 피어나려는 그 시간, 가장 바깥쪽의 꽃잎은 이미 그 색과 향을 잃어가고 있지요. 그러니 그들이 여기 있는 한순간 동안이라도 그들을 지긋하게 응시해 달라는 것이, 너무 무리한 부탁은 아니라고 생각합니다."

"기꺼이 그렇게 할게요. 그러지 말라고 해도, 이미 장미 향기에 홀린 것 같아요."

나는 눈을 가늘게 뜨고, 장미와 장미, 그리고 또 장미 사이로 흘러드는 햇살의 물결을 바라본다.

"고맙습니다. 혹시 장미가 어떻게 태어났는지 알고 계십니까?"

피에르의 질문을 받고, 나는 기억을 더듬는다.

"아프로디테 이야기라면, 들어본 적이 있어요. 사랑과 아름다움의 여신인 아프로디테가 거품에서 태어날 때, 그녀의 탄생을 축하하기 위해 신들이 세상에서 가장 아름다운 꽃을 만들었다는 거요."

"맞습니다."

피에르의 입가에 조금 더 긴 미소가 머무른다.

"최초의 장미는 눈보다 차가운 하얀색이었지요. 그 하얀 장미를 핏빛으로 물들인 이도 아프로디테였습니다. 미소년 아도니스가 멧돼지 사냥을 나갔다가, 멧돼지의 이빨에 옆구리를 찔렸을 때, 그를 살리기 위해 급히 달려가던 아프로디테가 장미를 밟았고, 그 가시에 발을 찔렸습니다. 아프로디테의 발에서 흘러나온 피가 흰 꽃잎에 스며들어, 붉은 장미가 생겨났습니다. 그렇다면 장미의 가시는 어떻게 생겨났을까요?"

이번에는 엠이 대답한다.

"그것도 역시 아프로디테의 작품이죠. 아프로디테의 아들인 사랑의 신 에로스가 어느 날 신들의 모임에 참석했다가, 귀한 술을 엎질러버렸어요. 땅에 쏟아진 술에서 붉은 장미가 피어났는데, 그 매혹적인 자태에 반한 에로스가 꽃잎에 키스를 하려다가, 꽃 속에 숨어 있던 벌에게 입술을 쏘였답니다. 아들의 입술이 퉁퉁 부은 것을 본 아프로디테는 화가 나서, 벌의 바늘을 빼앗아 장미의 줄기에 심었지요."

"그런 거야? 결국 아프로디테는 자기가 만든 가시에 발을 다친 거네. 사랑의 여신에게 바늘을 빼앗긴 벌이 보복을 한 건 아닐까?"

내 말에, 피에르는 고개를 끄덕인다.

"그러니까 혹시 장미의 가시에 찔려 손가락에 빨간 피가 맺힌다 해도, 그건 장미의 책임이 아닙니다. 장미의 푸른 줄기에 솟아난 날카롭고 뾰족한 가시는 장미의 자존심이고, 아름다움을 취하기 위해 당신이 감당해야 할 위험입니다. 장미는 가시입니다. 또한 아름다움을 화려하면서도 은밀하게 내보이는, 자존심 높은 꽃입니다."

"가든파티, 헤르모사, 아이스버그, 골든모니카, 로라, 데스티니…"

나는 피에르의 이야기를 들으며 팻말에 쓰인 장미의 이름들을 읽는다.

"빨간 장미는 욕망과 열정과 기쁨과 아름다움과 절정을 품고 있습니다. 하얀 장미는 존경과 빛과 순결과 순진함과 매력을 표현합니다. 분홍 장미는 맹세와 행복한 사랑을 상징합니다. 노란 장미는 질투와 완벽한 성취를 나타냅니다. 파란 장미는 얻을 수 없는 것, 불가능한 것을 의미합니다."

"마리아칼라스, 헨리폰다, 릴리마를린, 샤를드골이라는 이름의 장미도 있네요."

짙은 핑크색의 마리아칼라스 장미는 강건해 보이고, 빨간색의 샤를드골 장미는 기품이 넘친다.

"시인들은 장미에게 구애하고, 여인들은 장미에게 도움을 청했습니다. 클레오파트라는 장미의 꽃잎으로 향수를 만들고, 목욕탕을 채우고, 자신의 거처를 장식하여 장미를 자신의 체취로 만들었습니다. 그녀를 사랑했던 안토니우스는 자신의 무덤에 장미를 뿌려달라는 유언을 남길 정도였지요. 악명 높은 네로 황제도 장미를 미친 듯이 소비했습니다. 장미로 만든 관을 쓰고, 꽃잎으로 베개를 채우고, 장미 향이 뿜어져 나오는 분수를 만들었지요. 장미주를 마시며 장미 푸딩을 먹고, 장미 향수를 탄 풀장에서 수영도 했습니다."

프린세스드모나코와 리오삼바라는 이름의 장미 옆에, 글이 새겨진 돌 하나가 서 있다.

장미여, 오오, 순수한 모순이여, 기쁨이여, 그 많은 눈꺼풀 아래서의 누구의 잠도 아닌, 장미여.

"라이너 마리아 릴케의 묘비에 새겨진 문장 아닌가요?"

"그렇습니다. 장미와 정신적인 사랑을 나눈 시인이지요. 릴케는 장미를 경배하는 동시에 원망했고, 갈망하는 동시에 밀어내려 했고, 소유하는 동시에 영혼을 빼앗겼습니다. '장미의 시인'으로 불리던 릴케의 죽음이 장미의 가시 때문이라는 소문을, 오래도록 많은 사람들이 믿었습니다. 연인에게 주기 위해 장미를 꺾다가 가시에 찔려, 그 상처로 패혈증을 얻었고, 결국 죽음에 이르게 되었다고 했지요. 훗날 그의 진짜 사인이 밝혀지면서 장미가 무고한 누명을 쓴 사실이 드러나지만, 어떤 식으로든 시인의 마지막 순간을 함께한 것이 장미입니다. 릴케는 최후의 순간까지, 자신을 죽음으로 몰고 간 것이 장미라고 믿었습니다. 그러니까 시인이 이 세상과 이별하는 시간, 그의 영혼을 사로잡고 있었던 건 장미였다고 말해도 좋을 겁니다. 장미는 권력이고, 또한 시입니다."

"심포니, 퀸엘리자베스, 리오삼바, 다크레이디, 그라나다…"

정원 깊이 들어갈수록, 장미는 점점 더 많아진다. 더욱 은밀해지고 더욱 치밀해진다. 모든 장미들이 일제히 한순간의 절정에 올라, 순간의 시간을 뿜어내고 있다. 여기는 무한의 세계인 동시에 찰나의 세계다. 영원히 지속될 것 같지만 갑자기 끝나버리는 세계. 그런 세계가 끝이 나면, 모든 것이 끝난다.

"저기, 아까부터 궁금했는데, 이 정원을 어떻게 가꾸세요? 피에르, 당신은 어떤 사람이죠?"

왠지 겁에 질린 나는 무례하게도 그런 질문을 한다.

"제 이야기가 궁금하십니까?"

"실례인 줄은 알지만, 이야기를 듣고 싶습니다."

나와 눈을 맞추며, 엠이 공손하게 말한다.

"아닙니다. 공연히 지루하게 해드리진 않을까 우려가 될 뿐입니다. 제 조부와 부친은 그림을 그리는 분들이었습니다. 그래서 저도 어릴 때부터 미술 교육을 받았습니다. 열다섯 살에 부친의 화실을 떠나 여행을 시작했고, 스물세 살 무렵에 파리에 있는 왕의 정원 박물관에서 도안연구가로 일을 시작했습니다. 그리고 마리 앙투아네트를 위해 6년 동안 꽃을 그리면서 살았습니다. 나폴레옹의 첫 번째 아내이자 미래의 황후가 될 조세핀을 알게 된 건 그 후였지요. 조세핀은 파리 서쪽에 있는 말메종 성에 장미정원을 만들었고, 세상의 모든 장미를 심고 싶어 했습니다. 그리고 궁정화가인 저에게, 장미원의 식물들을 그리라고 지시했습니다. 1817년에서 1824년까지 저는 167종의 장미를 그렸지요."

"아…『르두테의 장미들』이죠? 어쩐지 이름이 낯익다 싶었어요. 저도 그 그림을 본 적이 있거든요. 당신의 손끝에서 다시 피어난 장미들을 보면서, 사람들은 그 짧은 생의 절정을 기억하게 되었군요."

내 말에, 피에르는 수줍은 미소를 지었다. 처음 만났을 때보다 조금 더 열려 있고, 조금 더 개인적인 미소다.

"그리고 지금은 보시다시피, 여기에서 장미를 돌보고 있습니다. 그런데 잠시 벤치에라도 앉으시겠습니까."

피에르는 장미와 장미 사이에 있는 벤치를 가리킨다.

"솔직히 말씀드리면, 제가 길을 잃었습니다. 늘 있는 일입니다."

엠과 나는 한숨을 쉬지만, 그다지 당황하진 않는다.

"우리한테도 늘 있는 일입니다."

다정한 목소리로, 엠이 말한다. 우리는 나란히 벤치에 앉는다.

"길을 잃는 일을 자연스럽게 받아들이는 분들이군요. 다행입니다. '카르페 로사스Carpe Rosas'라는 말을 아십니까?"

"'카르페 디엠Carpe Diem'이란 말은 알아요. '순간을 잡아라, 즐길 수 있을 때 즐겨라', 그런 의미 아닌가요?"

피에르의 말에, 내가 대답한다.

"그렇습니다. 카르페 로사스는 '장미를 따라'는 말입니다. 말하자면 장미가 피어 있을 때를 놓치지 말라는 뜻입니다. 장미는 사랑이고, 유혹이고, 삶의 꽃봉오리이고, 그래서 순간입니다. 아름다움 그 자체입니다. 당신이 장미를 소유했다고 믿는 그 찰나, 장미는 멀어집니다. 장미가 아름다운 건, 바로 그 때문입니다. 그 상처에서, 사랑의 상처, 유혹의 상처, 꽃봉오리의 상처에서, 당신의 순간이 피어오르기 때문입니다. 당신이 정말로 장미를 사랑한다면, 세상의 모든 상처와 순간을 사랑할 수 있다면, 당신은 장미가 됩니다."

그가 나를 품에 안고 가만히 내게 속삭일 때, 나에게는 인생이 장밋빛으로 보이지요.

어디선가 에디트 피아프의 「장밋빛 인생」이 들려온다. 그제야 나는 피에르의 갈색 머리카락에 섞인 희끗희끗한 머리카락들과 눈가에 깊이 파인 주름살을 발견한다. 정원을 비추는 빛이 천천히 스러진다. 나는 어떤 충동에 사로잡혀 피에르의 거친 손을 잡고, 여전히 반짝이는 눈동자를 들여다본다. 그의 눈동자에 한 방울의 이슬이 새벽처럼 스민다. 나를 한참 바라보던 그가, 마침내 입을 열어, 마침표를 찍듯 마지막 당부를 한다.

"부디, 아름다우십시오. 그것이 삶을 지속하는 당신의 의무입니다."

●●●

국경의
가면무도회

초대장이 도착했을 때 엠과 나는 말다툼을 벌이고 있었다. 국경의 섬으로 들어가는 페리 티켓이 감쪽같이 사라졌기 때문이다. 나는 엠이 그 티켓을 가지고 있다고 확신했다. 주머니며 지갑이며 가방을 몽땅 뒤져본 엠은, 혹시 모르니 내 소지품들을 들춰보라고 종용했다. 하지만 매표소에서 티켓을 산 다음 '내가 보관할게'라면서 가방 속에 집어넣던 그의 모습이 환히 떠올랐기 때문에, 나는 들춰보고 자시고 할 것도 없다고 반박했다. 심지어 그 순간의 빛의 조도와 바람의 방향까지도 생생하게 느껴져서, 그걸 까맣게 잊어버린 엠이 한심할 지경이었다. 그래도 엠은 자꾸만 나를 채근했고, 짜증이 난 나는 급기야 왜 나를 믿지 못하느냐, 우리 사이에 믿음이란 없는 거냐 어쩌고 하면서 비약을 거듭

하는 중이었다.

그때 초인종이 울렸다. 수업 시간이 끝나고 쉬는 시간이 되었다는 것을 알려주는 종소리처럼 딩동딩동, 천진난만하게 울려, 엠과 나는 일시정지 버튼을 누른 듯 움직임을 멈추고 서로를 바라보았다.

"누구, 올 사람 있어?" 목소리를 낮춰 내가 묻고, "옆방 사람 아닐까? 우리가 좀 시끄러웠나?" 역시 들릴 듯 말 듯한 소리로 엠이 말한다. 문밖의 누군가는 이쪽의 침묵에 귀를 기울이는 것처럼, 하지만 안에 있는 걸 다 알고 있다는 듯이 재촉하지 않고 묵묵히 기다린다. 내가 꼼짝도 않고 한껏 불쌍한 표정을 지으며 서 있자 엠은 어쩔 수 없이 어깨를 으쓱하고 문을 열어주러 간다. 나는 소파에 털썩 주저앉아 바닥에 널브러져 있던 내 배낭을 열어 껌을 찾는다. 누군지 몰라도 불시의 방문객이 돌아가고 나면 이차전이 이어질 테니, 껌이라도 짝짝 씹으며 약간 불량한 태도를 보여줘야겠다는 생각이 들었기 때문이다.

그런데 껌을 찾아 가방 안을 헤매던 내 손끝에 도톰한 종이가 잡힌다. 불길하다. 손의 감각으로 판단할 때, 그 종이의 크기와 두께가 티켓과 매우 흡사하다. 얼른 몸을 일으켜 목을 빼고 살펴보니, 엠은 반쯤 열린 문 앞에 서서 방문객과 이야기를 나누고 있다.

나는 조심스럽게 그러나 재빠르게 가방에서 종이를 꺼내고, 신중하게 그리고 확실하게 그 종이의 정체를 확인한 다음, 자연스럽게 게다가 태연하게 그것을 엠의 가방 안에 쑤셔 넣는다. 엠이 항상 가지고 다니는 악보 파일의 갈피 사이에 티켓이 안전하게 자리 잡은 것을 확인한 다음, 나는 후다닥 소파로 돌아와 반쯤 누운 자세를 취한다. 문 닫히는 소리가 들리고, 엠이 내 쪽으로 걸어오는 모습이 시야에 들어온다. 하지만 엠은 나보다 손에 들고 있는 작은 봉투를 뜯는 데 정신이 팔려 있다.

"누구였어? 그건 뭐야?"

나는 지금 막 저지른 발칙한 짓을 숨기기 위해 최대한 지루한 목소리로 묻는다.

"누가 초대장을 전해주러 왔어."

엠은 봉투에서 반으로 접힌 카드를 꺼낸다.

"초대장?"

"가면무도회가 열린대. 장소는 국경의 섬. 날짜는 토요일 밤, 그러니까 모레야."

"모레? 잘됐네. 어차피 우린 내일 그 섬에 갈 거잖아. 그보다, 누가 초대한 건데?"

엠은 걱정스러운 얼굴이 된다.

"섬으로 가려면 배를 타야 하는데, 티켓이 없어졌잖아. 내일은 주말이라서, 다시 사려고 해도 다 매진됐을 거야."

"저기, 엠, 있잖아," 나는 소파에서 몸을 일으키며 부드럽게 말한다. "다시 한 번 천천히 찾아보는 게 어때? 서두를 때는 안 보이다가도, 의외로 쉽게 나타나기도 하잖아. 내가 도와줄게. 그래도 없으면 어쩔 수 없지 뭐. 그 섬에 꼭 가야 하는 것도 아니고."

내가 이렇게까지 뻔뻔하게 거짓말을 할 수 있다니, 감탄스러울 지경이다.

"하지만 숙소도 예약해뒀는데."

"사정을 얘기하면 취소해줄 거야. 연기도 가능할 테고. 주말이 지난 다음에 간다고 하면 오히려 좋아할지도 몰라."

갑자기 다정해진 나에게 아무런 의심도 품지 않고, 엠은 말잘 듣는 아이처럼 고분고분 가방을 끌어다가 내 앞에 놓는다. 나는 가방 속 내용물을 하나씩 끄집어낸 다음, 책과 가이드북과 악보의 갈피를 차근차근 훑어간다. 티켓이 나오자 엠은 엄청나게 미안해하고 고마워한다. 나 역시 미안하고 고마운 마음이 벅차올라, 우리는 무척 다정하게 국경의 섬에서 보낼 주말의 일정을 짠다. 물론 배를 타기 전에 가게에 들러, 무도회에 쓰고 갈 가면을 살 계획도 세운다.

국경의 섬은 '샌드글래스 아일랜드'라는 별칭을 가지고 있다.

하늘에서 내려다보면 잘록하게 들어간 허리 부분을 중심으로 왼쪽과 오른쪽에 컵 모양의 섬이 붙어 있는데, 각각 레프트 아일랜드, 라이트 아일랜드로 불리는 두 섬은 완벽한 대칭을 이루고 있다. 우리가 예약한 리조트는 레프트 아일랜드에 있고, 선착장에서 그리 멀지 않다.

"가면무도회는 어디서 열리는 거야?"

프런트데스크에서 열쇠를 받아, 바닷가를 따라 줄 지어 서 있는 건물들의 번호를 확인하며 걸어가다가, 내가 묻는다.

"15, 16, 여기야. 17호."

조그마한 단층 건물은 바다를 정면으로 바라보고 있고 의자 두 개가 놓인 발코니가 딸려 있다. 문 앞에 놓인 깔개 위에는 검은 고양이 한 마리가 드러누워 느긋하게 낮잠을 자는 중이다. 엠은 고양이를 밟지 않으려고 허리를 한껏 굽혀 문을 연다. 우리가 큼직한 보폭으로 깔개를 넘어 안으로 들어갈 때까지, 고양이는 꼼짝도 하지 않는다.

"초대장에 지도가 있었어."

배낭을 내려놓고 엠이 말한다.

"레프트 아일랜드와 라이트 아일랜드가 만나는 곳, 섬의 허리 부분이야."

"걸어갈 수 있는 거리야? 우리는 어디 있는데?"

엠은 선착장에서 받아 온 지도를 펴서, 손가락으로 짚어 보인다.

"여기. 섬의 왼쪽 끝. 섬의 너비가 30킬로미터 정도 되니까, 여기서부터 대략 15킬로미터 정도 거리네. 걸어가기엔 조금 멀긴 하다."

"하지만 이 섬에는 차가 없지 않아? 갈 때야 일찍 출발해서 어찌어찌 간다고 해도, 무도회가 끝나면 한밤중일 텐데, 어떻게 돌아오지?"

"뭔가 타고 갈 만한 것이 있는지, 이따 저녁 먹으면서 물어보자. 섬에 사는 사람들도 무턱대고 걸어 다니진 않겠지. 이 끝에서 저 끝으로 갈 일도 있을 테니까."

나는 배낭에서 새로 산 가면을 꺼내어 쓰고 한쪽 벽에 걸린 거울 앞에 서서 이리저리 살펴본다. 내가 고른 건 갈색이 섞인 오렌지색 바탕에 초록색 눈매를 가진 고양이 가면이다.

"멋진데."

엠이 휘파람을 불며 재킷을 집어 든다.

"좀 이르지만, 저녁을 먹으러 갈까? 배고프지 않아?"

"응, 고파."

가면을 벗고 몸을 돌리자, 문 앞에서 잠을 자고 있던 검은 고양이가 어느새 안으로 들어와 나를 빤히 올려다보고 있다.

"이름이 필요해. 네로라고 불러야겠어. 검은 고양이 네로."

우리가 문을 나서자, 이제 막 이름을 얻은 고양이 네로가 졸랑졸랑 따라온다. 프런트데스크 앞 모래사장에 야외용 테이블과 의자들이 놓여 있는데, 그곳이 레스토랑이다. 한쪽에는 해먹이 걸린 나무 두 그루가 서 있고, 다른 쪽에는 바비큐 그릴이 있다. 네로는 빈 의자에 냉큼 올라앉고, 웨이터는 테이블 위의 모래알들을 냅킨으로 훔친 다음 음료 메뉴를 내민다.

"우선 차가운 맥주 두 잔 주세요. 배가 고픈데, 요기할 만한 게 있나요?"

"생선 요리 정도는 가능합니다."

엠과 나는 마주 보고 고개를 끄덕인다. 아마 네로도 그랬을 것이다.

"물어보고 싶은 게 있는데, 이 섬에 교통수단이 있습니까? 여기서 라이트 아일랜드로 갈 일이 있으면 어떻게 이동합니까?"

메뉴를 들고 돌아서려는 웨이터를 엠이 불러 세운다.

"아까 배를 타고 들어오셨죠? 그 배가 중앙 선착장과 라이트 아일랜드 선착장에 들렀다가 섬을 한 바퀴 돌아 이곳에 잠깐 선 다음에 본토로 돌아갑니다."

"하지만 배는 하루에 한 번만 있죠? 그럼 그곳까지 가서 볼 일을 마치고 난 다음에는 어떻게 하죠? 그날 돌아올 수 없는 건가요?"

내 말에, 웨이터는 그런 이상한 소리는 처음 듣는다는 듯 고개를 갸웃갸웃하다가 되묻는다.

"왜 그날 돌아와야 하죠?"

"그러니까, 볼일을 마쳤는데 굳이 거기 머물 필요는 없으니까…?"

"굳이 돌아올 필요도 없죠."

웨이터의 어조가 너무나 단호해서, 나는 토를 달 수가 없다.

"하지만 우린 내일 섬의 중앙으로 가야 하는데, 그곳에서 하룻밤을 보내야 하는 걸까요?"

웨이터의 시선이 바다를 향한다. 엠과 나는 그의 시선을 쫓아가지만, 바다는 그냥 바다고, 대신 대답을 해주지도 않는다.

"내일은 배가 뜨지 않습니다."

꽤 긴 침묵 끝에, 웨이터가 선고를 하듯 말한다. 엠과 나는 난감해져서 서로를 바라보다가, 앞발을 할짝할짝 핥고 있는 네로를 바라보지만, 물론 네로도 대안을 제시해주지 않는다.

다음 날 오후 여섯 시, 나는 침대에 널브러져 있다. 오전 열시부터 바다로 나가 수영을 하다가, 점심을 먹고 난 후 세 시간 동안 스노클링을 했다. 그날은 제법 강한 파도가 일었고, 해파리처럼 물결을 타며 출렁거리느라 시간 가는 줄을 몰랐다. 리조트로 돌아와 샤워를 하고 나니 피로가 파도처럼 몰려오고 갑자기 어지러워졌다.

"일종의 멀미 같은 거야. 그런데 슬슬 준비를 해야 하지 않아?"

배낭에서 나비넥타이를 꺼내며, 엠이 말한다.

"거기까지 어떻게 가려고?"

나는 스르르 감기는 눈을 겨우 뜨고 묻는다.

"글쎄, 걸어가자고 하면 짜증 낼 거지?"

"응."

"그럼 어떡한다?"

걱정하는 척하면서도 엠의 목소리에는 가벼운 흥분이 묻어 있다. 엠은 리듬을 타듯 가벼운 스텝을 밟으며 방을 휘젓고 다니면서 외출 준비를 한다. 옷장에서 무도회용으로 챙겨 온 내 초록색 드레스도 꺼낸다.

"어때?"

엠은 보라색 해골 가면을 쓰고 나를 돌아본다.

"보라색 해골 같아. 멋져."

가면을 쓰고 우스꽝스러운 포즈를 취하는 엠을 보고 있으니 나도 마음이 움직인다.

"있잖아, 굳이 거기까지 안 가도 우리끼리 가면무도회 정도
는 할 수 있지 않을까? 가면을 쓰고 맥주를 마시면서 노래도 부
르고 노는 거야."

"좋은 생각인데?"

나는 몸을 일으켜 초록색 드레스로 갈아입고 고양이 가면을
쓴다. 왠지 그것만으로도 기분이 들떠서 흥얼흥얼 노래를 부르는
데 갑자기 엠이 쉿, 하고 손가락을 입술에 갖다 댄다.

"왜?"

"들어봐."

귀를 기울이자 파도 소리와 바람 소리가 들린다. 그 소리들
안에 타닥타닥, 또각또각, 히이이힝, 그런 소리들이 섞여 있다.
멀고 불확실했던 소리가 점점 가깝고 또렷해진다. 나는 왈칵 문
을 연다. 놀랍게도, 두 마리의 말이 끄는 마차 한 대가 눈앞에 서
있다.

"준비는 다 되셨습니까?"

마부가 말한다. 말들은 순한 눈동자를 이리저리 굴리며 갈
기를 흔들어댄다. 네로가 쪼르르 달려오더니 마차에 올라탄다.

"데리러 와줄 줄은 몰랐어요. 이 섬에 마차가 있는 줄도 몰
랐는데."

해안을 따라 달리는 두 마리 말들의 규칙적인 말발굽 소리를

들으며, 나는 마부에게 말을 걸어본다. 바다 너머로 천천히 해가 지고 있다.

"오늘 무도회에는 어떤 사람들이 오는 건가요? 어떤 분이 주최를 하는 거죠?"

"글쎄요, 저는 그저 주빈을 모시고 가는 역할을 맡았을 뿐입니다."

느릿느릿한 마부의 목소리가 다정해서, 그의 얼굴을 보려고 목을 빼보지만 내 자리에서는 기껏해야 그의 오른쪽 귀만 보인다. 둥글고 도톰하고 뭔가를 들으려 하는 귀다.

"주빈이라고 하셨습니까? 우리가요?"

엠은 명랑한 호기심에 사로잡혀 눈을 반짝인다.

"그렇다고 들었습니다. 이유는 묻지 마십시오. 제가 답할 수 있는 부분이 아닙니다."

"이런 무도회가 자주 열리나요?"

나는 마부가 대답할 수 있는 질문을 골라낸다.

"아, 물론입니다. 매일 열립니다. 어제는 여든쯤 돼 보이는 노부부를 모셨지요."

"사람들이 많이 오나요?"

"날마다 다릅니다. 어떤 날은 수십 명이 모이기도 하고, 어떤 날은 단출합니다."

섬의 폭이 점점 좁아지더니, 섬을 가운데 두고 이쪽과 저쪽의 바다가 한눈에 들어오는 길로 접어든다. 섬의 잘록한 허리 부분이다.

바닷가에 놓인 테이블은 서른 개 정도, 사람들은 이미 자리를 잡고 앉아 알록달록한 색깔의 칵테일을 마시며 담소를 나누고 있다. 가벼운 웃음소리가 물방울처럼 솟아올랐다가 팡, 팡, 소리를 내며 공기 중에 흩어진다. 엠과 내가 들어서자 다들 우리 쪽을 돌아보고 부드러운 환영의 미소를 보낸다. 갖가지 가면으로 가려진 얼굴이지만 묘하게 친근하다. 인형을 껴안고 있는 아이들도 있고, 보송보송한 솜털이 가시지 않은 소년과 소녀도 있고, 연거푸 잔을 채우는 혈기왕성한 청춘도 있다.

"우리가 아는 사람들인가? 굉장히 익숙한 느낌이 들어."

내 말에, 엠은 생각에 잠긴 얼굴로 고개를 끄덕인다. 이리로 오라고 손짓을 보내는 이들이 있어, 엠과 나는 그쪽으로 가서 비어 있는 의자에 앉는다. 그런 식으로, 우리는 테이블을 계속 옮겨 다니며 손님들과 이야기를 나눈다. 엠과 내가 같은 테이블로 가기도 하고, 각자 다른 테이블로 가기도 한다. 어디에서 왔다거나, 무슨 일을 한다거나, 그런 화제는 오르지 않는다. 그들은 사물이나 관념에 대한 자신들의 생각을 이야기하고, 내 생각을 묻는다. 물에 대해, 의자에 대해, 너도밤나무에 대해, 목성에 대해, 또는 욕망과 집착, 희생과 무모함, 시간과 보이지 않는 것들에 대해. 깜짝 놀랄 만큼 나와 똑같은 생각을 갖고 있는 사람도 있고, 어리둥절할 만큼 독특한 의견을 내놓는 사람도 있다. 하지만 이해할 수 없다거나, 받아들일 수 없다거나, 그런 느낌은 들지 않는다. 마치 하나의 뿌리에서 갈라져 나온 곁가지들처럼, 닮은 부분이 있고 다른 부분이 있다. 저마다 쓰고 있는 가면은 다르지만, 눈빛은 동일하다.

밤은 그렇게 흘러간다. 술병들이 쌓여가고, 아이들은 긴 의자 위에 누워 담요를 덮고 잠이 든다. 피로와 졸음이 몰려들어 두리번거리며 엠을 찾는다. 멀리서 네로가 달려오고, 뒤이어 엠과 마부가 걸어온다. 우리가 마차에 올라탈 때, 새로운 해가 먼 바다를 어렴풋한 빛으로 적시고 있다. 마차의 리드미컬한 움직임에 몸을 맡기고 엠의 어깨에 기대어 꼬박꼬박 졸고 있는데, 엠이 혼잣말처럼 중얼거린다.

"페르소나."

반쯤 잠든 채 나는 엠의 말을 따라 해본다.

"페르소나?"

"그리스어에서 나온 말이었지? '가면'이라는 뜻의."

"으응. 가면을 쓴 인격?"

"무의식의 열등한 인격이고 자아의 어두운 면이라고, 구스타프 융이 말했던 거 같아."

나는 정신이 번쩍 들어 눈을 뜨고 멍하니 엠을 바라본다.

"그들이… 나였어?"

"수많은 시간대의 너와 나."

엠이 결론을 내린다.

"그러니까 우리는, 과거의 우리를 만난 거야? 그러고 보니, 우리보다 나이가 많은 사람은 없었어."

무도회장을 나오며 벗어두었던 고양이 가면을 만지작거리던 나는, 갑자기 고백을 하고 용서를 구하고 싶다는 강한 충동에 사로잡힌다.

"저기, 엠, 미안해. 그 티켓은 나한테 있었어. 내가 거짓말을 했어."

엠은 일부러 무서운 표정을 지어 보이다가, 웃음을 터뜨린다.

"네가 그렇게 감쪽같이 거짓말을 할 줄은 몰랐어. 제법인데."

"솔직히 말했으면 좋았을 텐데, 덮어씌우기나 하고. 나는 나쁜 사람이야."

후회는 상처가 되어서, 나는 심장에 통증을 느낀다.

"세상에 좋은 사람은 없어. 자신이 나쁜 사람이라고 생각할 때 조금 좋은 사람이 되는 거라고 누군가 말했는데. 그리고 그게 너잖아."

　기꺼운 용서를 받고 나는 도로 눈을 감는다. 내 무릎 위에 누워 있던 네로가 몸을 뒤척이며 조그맣게 야옹, 하고 나 대신 대답을 한다.

국경의
크리스마스

●

우리는 신호를 찾고 있다. 그 신호를 발견해야 크리스마스 마을에 들어갈 수 있다고, 엠이 말했다.

"어떤 신호야?"

내 말에, 엠은 왼쪽과 오른쪽, 앞과 뒤, 아래와 위를 분주하게 훑어보며 짧게 대답한다.

"몰라."

"모르다니? 그러니까 그 신호라는 게 예를 들면 표지판 같은 거야? 아니면 모퉁이에서 갑자기 튀어나오는 사람이나 동물 같은 거야? 아니면 이상한 모양의 구름 같은 거야?"

나는 엠의 시선을 좇으며 질질 끄는 걸음으로 그를 따라잡는다. 다리가 아파오기 시작한 지 한참이 지났다.

"발견하기 전까지는 어떤 신호인지 몰라. 하지만 신호를 보는 순간, 그게 신호라는 걸 알게 돼."

"그런 게 어딨어?"

피로가 닥치니 반항심이 일어, 나는 엠의 말을 삐딱하게 받아친다.

"신호는 원래 그런 거잖아."

"하지만…"

하지만, 이라고 말하고 보니 그런가, 신호란 원래 그런 건가, 하는 생각이 들어 나는 입을 다문다. 언제, 어디에서, 어떤 방식으로 나타날지 알 수 없지만, 보는 순간 알게 되는 것. 이 생각에 매료된 채, 내 인생에 등장했던 신호들을 되새겨보느라, 나의 걸음은 더욱 느려진다. 그래서 엠이 내 시야에서 사라진 것을 뒤늦게 깨닫는다.

"엠? 어디 있어? 엠?"

오른쪽으로 꺾어지는 골목에서 엠이 고개를 내밀고 손짓을 한다. 종종걸음으로 모퉁이를 돌자, 지금까지 걸어온 길과 완전히 다른 풍경이 펼쳐진다. 완벽하게 고요하고, 완벽하게 정지한 풍경이다.

"여기가 입구인 것 같아."

고요를 깨뜨리지 않으려고, 엠은 낮은 소리로 속삭이며 손가락으로 하늘을 가리킨다. 완벽하게 파란 하늘을 배경으로, 작은 등 하나와 구두 한 켤레가 전선에 매달려 있다. 과연, 그것을 보는 순간, 나는 바로 알아차린다. 신호다.

군이 그럴 이유는 없지만, 엠과 나는 발소리를 죽여 살금살금 걷는다. 반듯한 집들이 어깨를 맞대고 서 있고, 날씨는 놀랍도록 포근하다.

"뭔가 이상해. 크리스마스 마을이라고 하지 않았어? 크리스마스트리도 없고, 캐럴도 안 들리고, 문 앞에 리스 하나 안 달려 있잖아. 게다가 집들은 다 비슷비슷하게 생겼고, 너무 밋밋해. 크리스마스 분위기가 전혀 안 나. 눈이 하얗게 쌓인 거리에 빨간색이랑 초록색이 마구 뒤섞인 장식 같은 게 사방에 있어야 하는 거 아냐? 금빛, 은빛 종이라거나."

똑같은 풍경에 금세 싫증이 난 나는 공연히 엠에게 볼멘소리를 한다. 엠은 대답 대신 앞장을 서서 모퉁이 하나를 또 돈다. 아픈 다리를 툭툭 치고 어쩔 수 없이 엠을 따라 모퉁이를 도는데, 따릉, 하고 경쾌한 벨소리가 울리더니 자전거 한 대가 내 앞에서 끽, 하고 멈춰 선다.

"조심해."

아이는 자전거의 핸들을 꼭 쥐고, 종소리 같은 목소리로 그렇게 말한다. 종소리의 동그란 울림이 대기 중으로 번져가는 동안, 아이는 그 중심에 서서 호기심 어린 시선으로 우리를 바라본다. 아홉 살이나 열 살쯤 되었을까, 빛바랜 베이지색 티셔츠에 멜빵바지를 입고 있다.

"안녕?"

아이의 갑작스러운 등장에 놀란 눈을 하고 있는 나를 대신하여, 엠이 가볍게 인사를 건넨다.

"안녕? 내 이름은 니콜라스야. 니키라고 불러도 돼."

아이의 눈빛이 총명하고 따뜻하게 빛난다.

"그렇구나. 니키, 이 마을에 살아?"

엠의 질문에, 니키는 고개를 끄덕인다.

"우리를 좀 도와줄 수 있어? 크리스마스 마을을 찾는 중인데."

"크리스마스 마을? 그런 건 들어본 적 없는데."

"그렇구나. 그럼 이 근처에 레스토랑이 있을까?"

엉뚱하게 무슨 소리야, 하고 나는 엠을 바라본다. 하지만 그 말을 듣고 나니, 갑자기 허기가 몰려온다.

"레스토랑 같은 건 없어. 배가 고픈 거야?"

엠과 내가 고개를 끄덕이자, 니키는 따릉, 하고 자전거에 매달린 벨을 다시 울린다.

"따라와, 그럼."

266

니키는 날렵하게 몸을 움직여 자전거 바퀴를 굴린다. 우리가 잘 따라오고 있는지 가끔 뒤를 돌아보며, 비슷비슷하게 생긴 모퉁이를 몇 번이나 돈다. 오르막길이 나타나고, 엠과 나는 호흡이 가빠지지만, 니키는 아무렇지도 않게 들어본 적 없는 멜로디를 흥얼거리며 힘차게 페달을 밟는다.

언덕 위에 올라서자 마을이 한눈에 내려다보인다. 비슷비슷하게 생긴 지붕들이 비슷비슷한 높이의 건물들을 덮고 있는 아늑한 풍경이다. 여전히 사람의 모습은 보이지 않는다. 완전히 녹초가 됐어, 더 이상 한 걸음도 움직일 수 없을 것 같아, 생각한 순간, 니키의 자전거가 멈춰 선다. 작은 정원이 딸려 있는 이층집 앞이다. 니키는 자전거를 한쪽에 세우고, 현관으로 다가가서 문을 열더니, 우리를 향해 들어오라는 손짓을 하고는 안쪽으로 사라진다.

현관문 안쪽으로 복도가 나 있고, 오른쪽과 왼쪽에 문이 있다. 어디선가 달콤한 냄새가 풍겨온다. 아마 니키의 엄마가 금방 케이크나 쿠키 같은 것을 구웠을 거라고, 어서 그걸 먹고 싶다고, 나는 생각한다.

"엄마는 어디 계시니? 불쑥 들어가기 전에 인사를 드려야 하는데."

내 말에, 니키는 별다른 대답 없이 복도 왼편에 있는 문을 연다. 오래되었지만 밝고 정갈한 주방이다. 노란 테이블보가 깔린 4인용 식탁이 있고, 식탁 위에는 빵이 담긴 바구니 하나가 놓여 있다. 한쪽 벽에는 선반들이 매달려 있고, 선반 위에는 알록달록한 색깔의 유리병이 있다. 니키는 의자를 끌어다 선반 앞에 놓고, 그 위에 올라가서 병을 고른다. 병에 붙은 라벨을 유심히 보고, 내용물을 살피고, 옆에 서 있는 엠에게 그것들을 건넨다.

잠시 후, 우리는 식탁 위에 놓인 일곱 개의 병을 차례로 열어, 내용물을 조금씩 접시에 덜고, 식사를 시작한다. 브로콜리와 콜리플라워, 무와 당근과 오이를 아삭하게 절인 피클이 있다. 잘 익은 토마토와 야채를 갈아 만든 가스파초가 있다. 하얀 아스파라거스와 병아리콩과 리코타 치즈가 어우러진 샐러드가 있고, 참치와 송로버섯에 올리브오일과 셰리 식초를 뿌린 샐러드가 있다. 레몬 소스에 절인 새우가 있고, 옥수수와 조개와 관자로 만든 차우더가 있다. 디저트는 사워크림을 올린 사과 크럼블이다.

"대단해! 정말 맛있어! 엄마가 만들어두신 거니?"

나는 접시에 남은 마지막 사워크림을 손가락으로 찍어 먹으며 포만감에 젖은 몽롱한 눈으로 니키를 바라본다. 이제 식탁 위에는 일곱 개의 빈 병이 놓여 있다.

"그런데 너무 많이 먹어버린 거 아니야? 외출하신 것 같은데, 언제 돌아오시니? 집에 아무도 없는 거야?"

얼른 어른을 만나 인사를 해야 한다는 생각과 동시에, 피로와 졸음이 몰려온다. 니키는 나와 엠을 물끄러미 보더니 자리에서 일어선다.

"이층에 올라가면 욕실이 딸린 손님방이 두 개 있어. 수건이랑 비누 같은 건 다 있으니까 뭐든 써도 돼."

그렇게 신세를 질 수는 없어, 하고 말하려는데 연신 하품이 쏟아진다. 주방 한쪽에 나 있는 창 너머는 이미 까마득한 어둠에 쌓여 있다. 어쩌지, 어쩌지, 중얼거리며 나는 엠의 손에 이끌려 계단을 올라간다. 일층과 똑같은 구조로, 복도를 사이에 두고 왼편과 오른편에 방이 하나씩 있다. 나는 왼편에 있는 손님방으로 들어가서, 차가운 물로 세수를 하고, 폭신한 침대 속으로 파고든다.

초록색 전구가 달린 고깔모자를 쓰고 날아다니는 요정들을 쫓다가, 잠에서 깬다. 머리맡을 더듬어 램프를 켜자, 방의 모습이 천천히 드러난다. 아직 한밤중이다. 낯선 마을의 낯선 집에서 이렇게 잠이 들어버리다니, 이래도 되는 건가 싶은데, 물어볼 사람이 없어, 방문을 살짝 열고 나온다. 맞은편 방문이 조금 열려 있고, 불빛이 새어 나온다. 노크를 하자 기다렸다는 듯이, 들어와, 하고 엠이 말한다. 엠은 침대에 등을 기대고, 램프의 불빛에 의지하여 책을 읽고 있다.

"잘 잤어?"

"시간이 얼마나 지났어? 나만 잠이 들었던 거야?"

엠은 읽던 책을 덮고, 창가에 놓인 의자를 가리킨다.

"나도 금세 잠이 들었어. 조금 전에 일어난 거야. 곧 날이 밝을걸."

나는 의자에 앉아 창밖의 기척을 살핀다. 과연, 잔잔한 여명이 언덕 아래의 지붕들 위로 조금씩 퍼져가고 있다.

"그거 알아? 적도 부근 태평양에 있는 키리바시 공화국에 크리스마스 섬이 있는 거. 영국의 제임스 쿡 선장이 1777년, 크리스마스이브에 그 섬을 발견해서 그런 이름을 붙였대."

엠이 말한다.

"그래? 오스트레일리아 영토에 있는 섬 중에도 크리스마스 섬이라는 게 있다고 들었는데. 빨간 게들이 엄청나게 많은 섬 말이야. 우리가 그 근처에 있는 걸까?"

"그건 아닐 거야. 우린 바다를 건너오지 않았으니까. 그리고 우리가 찾는 건 국경의 크리스마스 마을이잖아."

"아무튼 우린 크리스마스 근처에도 가지 못한 거야. 산타클로스도 없고, 루돌프도 없고."

나는 의자를 돌려 창을 등지고 앉은 채, 엠을 바라보고 대답한다.

"산타클로스를 찾으려면 핀란드로 가야겠지. 로바니에미라는 마을이 산타의 고향이라고 하잖아. 해마다 크리스마스 시즌이면 그곳 우체국으로 편지가 엄청 온다던데. 그러면 사람들이 답장을 쓰고 산타 소인을 찍어서 보내준대. 본격적으로 산타 마을이 조성된 건 1985년 이후지만."

"그러니까 그 마을도 인공적으로 만들어진 거네? 그럼 산타클로스는 언제 적 사람인데?"

"270년, 소아시아 지방의 리키아에서 태어났다고 하지. 나중에 대주교가 되어서 사람들을 많이 도와줬다고 하고. 아이들을 좋아해서 12월마다 작은 선물을 나눠줬대. 그래서 12월 25일이 세인트 니콜라스의 축일이 되었다는 거야. 그런데 산타가 처음부터 흰 수염과 빨간 옷과 빨간 모자 차림은 아니었대. 네덜란드 사람들은 산타를 마르고 키가 큰 사람이라고 생각했지. 1800년대에 어느 미국 작가가 산타는 뚱뚱하다, 파이프 담배를 피운다고 썼고 1863년에 어느 만화가가 굴뚝을 드나드는 산타를 그리고는 자기 멋대로 산타의 고향이 북극이라고 했지. 지금 우리가 아는 산타는 1931년에 어느 미국 화가가 그린 거야. 코카콜라 광고 모델로 쓰려고. 빨간색이 코카콜라의 색깔이잖아."

"뭐야, 그것도 다 만들어낸 거네. 시시해."

"빨간 코를 가진 루돌프도 마찬가지야. 1939년에 미국의 카피

라이터가 만든 캐릭터거든. 그 전까지 산타는 거위가 끄는 썰매를 탄다고 했어. 자전거, 자동차, 비행기, 심지어 로켓을 탄 산타도 있었고."

순간, 어떤 생각 하나가 휙 스쳐 지나간다. 급히 지나가는 그 생각을 붙잡기 위해, 나는 잠시 숨을 멈추었다가, 엠에게 확인한다.

"자전거? 산타가 자전거를 탄다고?"

엠은 고개를 끄덕이고, 램프를 끈다. 어둠은 이미 충분히 물러났다.

"세인트 니콜라스? 그게 산타의 이름이었다고?"

생각의 꼬투리가 파르르 떨린다.

"라틴어로는 상투스 니콜라우스, 네덜란드에서는 산 니콜라우스라고 불렀어. 아메리카 신대륙으로 이주한 네덜란드 사람들은 산테 클라스라고 했고. 그러다가 산타클로스가 된 거지."

"니키. 니키는 니콜라스의 애칭이지? 하지만…"

나는 풋, 하고 웃어버린다.

"재미있는 우연이네."

하지만 엠은 어쩐지 진지한 표정으로 창밖을 보고 있다. 조금 놀란 것 같기도 하다. 엠의 시선을 따라, 나도 창밖을 본다. 환하게 떠오른 해가 마을의 풍경을 비추고 있다. 어제와 완전히 다른 풍경이다.

니키가 아직 자고 있을 것 같아, 엠과 나는 발소리를 죽여 살그머니 문을 열고 나온다. 언덕은 밤새 내린 하얀 눈으로 덮여 있고, 나뭇가지에 매달린 물방울이 햇살에 반짝인다. 마을의 지붕들 위에도 소복하게 눈이 쌓였다. 단지 눈 때문에 풍경이 달라진 건 아니다. 눈이 감추고 있는 색채들 때문이다. 자세히 보면 빨간색과 초록색의 구슬 같은 것들이 처마에 달려 있고, 거리 곳곳에 동그란 전구를 매단 크리스마스트리가 서 있다. 바람이 약간 차다는 느낌은 있지만 포근한 날씨다. 어디선가 딩동댕동, 종소리가 들려온다.

"크리스마스 마을이야."

"응, 크리스마스 마을이야."

엠과 나는 그림처럼 그대로 한참을 서서, 믿어지지 않는 풍경을 내려다본다.

"어제 먹었던 음식들, 또 먹을 수 있을까?"

니키의 집에서 풍기던 달콤한 냄새가 이제 마을 전체에서 퍼져 나와, 나는 또 허기를 느낀다.

"글쎄, 니키한테 인사도 해야 하니까 우선 들어가 보자."

니키의 집 현관 앞에서, 나는 크리스마스리스를 발견한다.

"이거, 원래 여기 달려 있었나?"

"모르겠어. 어젠 못 본 거 같기도 하고."

엠이 가만히 현관문을 밀자, 문은 저항도 없이 스르르 열린다. 집 안은 환하고, 달콤하고, 부드럽다. 그 모든 감각이 온몸으로 느껴진다.

"니키가 일어났을까?"

우리는 복도 왼편의 문을 열고 주방으로 들어간다. 식탁 위에는 식사가 차려져 있다. 이번에는 유리병이 아니라, 예쁜 그릇에 담긴 제대로 된 요리다. 하지만 니키의 모습은 보이지 않는다. 접시와 포크와 나이프가 두 쌍씩 세팅되어 있고, 눈처럼 하얀 생크림이 녹아 있는 단호박 수프는 알맞게 따뜻해서, 그냥 식혀버릴 수는 없다고 우리는 생각한다. 엠과 나는 식탁에 마주 앉아, 하얀 김이 몽글몽글 솟아오르는 음식을 먹는다.

"니키의 자전거가 없었어. 문 앞에."

엠이 말한다.

"그러고 보니. 어딜 간 걸까?"

나는 파마산 치즈가 듬뿍 뿌려진 어린싹 양상추와 물냉이를 아삭아삭 씹으며 혀끝을 간질이는 호두꿀 소스의 맛을 음미한다.

"다른 손님을 맞으러 간 걸지도 몰라. 어제의 우리처럼, 크리스마스 마을을 찾다가 길을 잃어버린 사람들 말이야."

게살 케이크를 잘라 먹으며, 엠이 대답한다.

"뭐 하나 물어봐도 돼? 마음에 걸리는 게 있어서."

오븐에 구운 파프리카를 화이트와인 드레싱에 찍어 먹으며, 나는 묻는다. 새삼스럽게 물어봐도 되냐고 묻다니, 어쩐 일이야, 하는 표정으로, 엠은 미소를 짓는다.

"만약에, 그러니까 만약에, 니키가 그 니콜라스라면? 그러니까, 내 말은…"

"산타클로스?"

세이지와 로즈마리로 맛을 낸 구운 닭가슴살을 한 조각 입에 넣으며, 엠은 아무렇지도 않게, 그 이름을 말한다.

"하지만 아직 앤데. 그냥 애잖아."

쌉쌀하고 향긋한 와인 소르베에 스푼을 꽂으며, 나는 고개를 흔든다.

"그냥 애는 아니지. 이렇게 맛있는 음식을 나눠줬는데."

짙은 밤색 쇼콜라를 입술에 묻히고, 엠은 웃는다.

"최초의 크리스마스는 아마 이랬을 거야."

누구도 왜곡하지 않고 누구도 더럽히지 않은, 크리스마스.

"메리 크리스마스."

공연히 마음이 녹아내려, 조금 갈라진 목소리로, 내가 말한다.

"메리 크리스마스."

초콜릿처럼 폭신하고 진한 목소리로, 엠이 말한다.

●●●

국경의
웨이터

"안녕하십니까. 저는 국경의 웨이터입니다."

숙소의 문 앞에 서서 기다리고 있던, 나비넥타이를 맨 노인이 정중하게 자신을 소개한다. 예기치 않은 손님에 깜짝 놀란 나와 엠은 서둘러 그를 안으로 모시고 자리를 권한다.

"서 있는 게 편합니다. 두 분은 잠시 앉으시지요. 몇 가지 설명을 드려야 합니다."

그의 권유는 알맞게 부드럽고 알맞게 단호하여 거절할 수가 없다. 엠과 나는 소파에 나란히 앉아 노인을 바라본다. 몸에 잘 맞는 검은 수트, 일 밀리미터도 비뚤어지지 않은 나비넥타이, 단정하게 맞잡은 손, 깨끗한 손톱과 부드러운 손등의 주름살에 저절로 시선이 가서, 무례할 정도로 빤히 보게 되는 사람이다.

—
국경의 웨이터

"두 분이 국경 여행을 시작하신 지 179일이 되었습니다. 따라서 내일부터 국경 웨이터 협회에서 제공하는 웨이터 서비스를 받으시게 됩니다."

"웨이터 서비스요?"

앵무새처럼 그의 말을 따라 하며, 나는 흘낏 엠의 표정을 살핀다. 엠은 기대와 즐거움으로 반짝거리는 눈을 하고 있다.

"알고 있었어? 그런 게 있다는 거?"

내 질문에 엠은 고개를 흔든다. 짐작하지 못한 어떤 일이 갑자기 눈앞에 펼쳐질 때, 나는 당황하고 엠은 기뻐한다. 그게 우리 두 사람의 차이고, 내가 엠을 좋아하는 이유다.

"들어본 적이 없으실 겁니다. 이 서비스는 자격을 갖춘 분들에게만 공개되는 것입니다. 그러니까 두 분도, 비밀을 지키겠다는 서약을 하셔야 합니다. 만약 비밀이 깨지면, 자격이 없는 사람들이 부정적인 방법을 동원하여 서비스를 제공받으려 할 테고, 그렇게 되면 시스템이 무너질 가능성이 있기 때문입니다."

"어떤 서비스인데요?"

단정함과 겸손함이 어린 눈빛으로 우리를 지극하게 바라보던 노인의 시선이 일순 다른 곳을 향한다. 날카로운 찰나의 시선이다. 그러자 어디선가 두 개의 그림자가 스르르 나타난다. 도톰한 서류가 놓인 보드를 두 손으로 받쳐 든 그림자와 키친트롤리를 밀며 다가오는 그림자를 가리키며, 노인은 선언을 하듯 엄숙하게 말한다.

"섀도21호와 섀도77호입니다."

섀도21호가 보드를 테이블 위에 놓고 만년필의 뚜껑을 열어 엠에게 내미는 사이, 섀도77호는 키친트롤리 위에 놓인 와인을 능숙하게 따서 글라스에 따라 내게 건네준 다음, 망고와 무화과, 몇 종류의 치즈가 담긴 접시를 받쳐 들고 내 옆에 선다.

"내일부터 제공되는 웨이터 서비스를 받겠다는 것, 그리고 웨이터 서비스에 대해 일체 발설하지 않겠다는 내용의 계약서입니다. 표시된 곳에 사인을 해주시겠습니까."

엠은 노인이 손끝으로 짚어준 곳에 사인을 한 다음, 그 서류를 내게 건네준다. 나는 한 모금의 와인을 입 안에서 굴리며 서류를 받아 들고, 엠의 이름 옆에 내 이름을 써 넣는다.

"그럼 편히 쉬십시오."

두 그림자를 대동한 노인이 민첩하게, 소리 하나 내지 않고 물러간 후, 우리는 서류를 꼼꼼하게 읽어본다. 노인을 믿지 못해서 그런 게 아니라, 웨이터 서비스가 어떤 것인지 궁금하기 때문이다. 물론 서류를 검토하는 것은 엠의 몫이고, 나는 옆에서 와인을 홀짝거리며 질문을 쏟아낼 뿐이다. 망고와 무화과는 꿈결처럼 달고, 치즈는 봄날처럼 부드럽다.

다음 날 아침에 잠에서 깨어난 나는, 뭔가 달라진 것이 있나 하고 주위를 두리번거리지만, 특별한 낌새는 없다. 여느 때와 다름없이 샤워를 하고, 커피와 과일로 간단한 식사를 하고, 배낭을 메고 밖으로 나올 때까지는. 노인은 문 앞에서 기다리고 있다.

"편안히 주무셨습니까."

"안녕하세요."

인사를 주고받은 후 엠과 나는, 어떤 지시나 안내를 기다리며, 멍청하게 서서 그를 바라본다. 하지만 노인은 아무 말도 하지 않는다.

"어디로 가는 거죠?"

내 질문에, 노인은 정중하게 대답한다.

"그건 우리가 결정하는 문제가 아닙니다. 그러나 만약 오늘 무얼 할지 아직 정하지 못하셨고, 도움이 필요하시다면, 몇 가지 제안을 드릴 수는 있습니다만."

"그보다, 어젯밤에 두고 가신 서류를 읽어보았는데, 웨이터 서비스가 어떤 식으로 행해지는지에 대한 구체적인 이야기가 없더군요."

엠이 말한다. 노인은 고개를 끄덕이고 여전히 일 밀리미터도 비뚤어지지 않은 나비넥타이를 정교하게 매만지며 대답한다.

"그렇습니다. 고객이 원하는 것을 제공한다는 것이 우리의 유일한 매뉴얼이고, 원하시는 것은 언제든지 바뀔 수 있지 않습니까."

"과연."

그것으로 납득이 다 된 것인지, 엠은 혼잣말처럼 그렇게 수긍하고 입을 다문다.

"하지만 당장 오늘은 뭘 하는 거지?"

"뭘 하고 싶어?"

"글쎄, 다른 것보다 웨이터 서비스가 어떤 건지 궁금해."

"일단 움직여보면 알게 되지 않을까?"

"그거야 그렇겠지만, 난 처음부터 알고 싶어. 누가 왜 이런 걸 생각해냈는지, 어떤 사람들이 웨이터가 되는지, 자격이나 교육이나 시험 같은 게 있는지, 그런 거 말이야."

엠과 내가 주고받는 이야기를 가만히 듣고 있던 노인이 조그맣게 헛기침을 한다.

"그렇다면 제가 의견을 말씀드리겠습니다. 우선 웨이터를 양성하는 교육시설을 둘러보시는 게 어떻겠습니까. 재미가 있을지는 모르겠지만, 우리가 어떤 교육을 받는지 궁금하다고 하시니, 어느 정도 궁금증은 풀리실 겁니다. 그 후에 괜찮으시다면, 점심을 들며 제 이야기를 좀 들려드리겠습니다. 중간에 지루하다고 느끼시면, 언제라도 다른 일정을 잡을 수 있습니다."

"아주 좋아요!"

나는 환호를 보내고, 엠은 휘파람을 분다.

만약 우리가 국경이 아닌 다른 곳에 있었다면, '웨이터를 양성하는 교육시설' 같은 걸 구경하겠다고 환호하며 나서진 않았을 것이다. 기껏해야 별다른 특징도 없는 건물 몇 개가 늘어서 있는 게 전부일 테니까. 하지만 여기는 국경이고, 지금까지의 경험으로 미루어볼 때 무엇 하나 상식적인 것이 없으므로, 반짝이는 기대가 몽실몽실 부풀어 오른다.

"웨이터가 되기까지의 과정은 크게 세 가지 단계로 나눠집니다." 노인이 말한다. "첫 번째 단계는 기다림을 관찰하는 것입니다."

노인이 우리를 데리고 간 곳에는 웅장한 문이 서 있는 입구도 없고, 학교나 호텔을 닮은 건물도 없고, 그곳이 '웨이터를 양성하는 교육시설'임을 알려주는 표지판도 없다. 다만 의자들이 있다. 작은 의자와 큰 의자, 길쭉한 의자와 동그란 의자, 다리가 네 개인 의자와 세 개인 의자, 등받이가 높은 의자와 등받이가 없는 의자 등등, 온갖 종류의 의자들이 즐비하게 늘어서 있다. 첫눈에는 죄다 비어 있는 의자들처럼 보였는데, 시간이 지나자 드문드문 흩어져 있는 사람들이 눈에 들어온다. 그들은 신문을 보거나 책을 읽거나, 하늘을 보거나 땅을 보거나, 눈을 감거나 뜬 상태로 의자에 앉아 있다. 그들의 공통점은 무료해 보인다는 것이고, 그 무료함으로 인해 점점 흐릿해지고 있다. 그래서 마치 의자에 눌어붙은 채 정지한 풍경의 일부처럼 보인다.

"뭔가를 기다리는 사람들인가요?"

한쪽 팔을 팔걸이에 걸친 채 입을 반쯤 벌리고 잠이 든 것처럼 보이는 한 남자를 바라보며, 내가 묻는다.

"그렇습니다."

"교육을 받는 웨이터 지망생들은 어디에 있나요?"

노인은 손가락 끝으로 여기저기에 어른거리는 그림자를 가리킨다.

"기다림을 방해하지 않으면서 기다림을 관찰하는 것이 목적입니다. 자신을 지우는 일입니다."

우리는 상상할 수 있는 모든 형태의 의자들과 상상하기 벅찬 온갖 종류의 기다림 사이를 통과하여, 다음 구역에 이른다.

"두 번째 단계는 기다림을 경험하는 것입니다."

첫 번째 구역과 비슷한 풍경이다. 다만 사람의 흔적은 없고, 이전보다 조금 더 많은 그림자들이 부드러운 굴곡을 그리며 의자와 의자 사이를 물결처럼 흘러 다니고 있다. 기분 탓인지 몰라도, 그림자들은 조금씩 옅어지고 희미해진 것 같다.

"기다림이란 흔히 경험하는 일 아닌가요? 특별히 훈련까지 받는 이유가 있나요?"

좀 바보 같은 질문이라고 생각하면서도, 그렇게 물을 수밖에 없다.

"옳은 말씀입니다. 생명을 가진 존재라면, 기다림 없이 삶을 유지할 수는 없는 법입니다. 태어나는 순간, 아니 어쩌면 그 이전부터 우리의 일생은 무엇인가를 기다리는 일로 채워집니다. 하지만 기다림을 정면으로 응시하는 일은, 생각보다 쉽지 않습니다. 기다림의 결을 살피고, 기다림의 변화를 기록하고, 기다림의 방향과 온도, 습도와 점성을 민감하게 느끼는 것이 이 단계의 목적입니다. 그런 훈련을 통해, 마침내 기다림의 일부가 될 수 있습니다. 그리고…"

노인은 말을 멈추고 맞은편 벽 앞에 있는 의자를 유심히 바라본다. 그 아래에서 어른거리던 그림자가 불편한 듯 몸을 비틀더니, 사람의 형체로 스르르 바뀐다. 사람은 머리를 긁적이며 당황한 표정으로, 갓 나타난 육체를 어색하게 움직인다. 그의 관절에서 삐걱거리는 소리가 난다.

"1구역으로."

노인은 간결하게 명령한다. 사람은 한숨을 쉬고, 무거워 보이는 다리를 끌며 1구역으로 돌아간다.

"한 번에 통과하는 사람은 많지 않습니다. 지원자의 90퍼센트 이상이 세 번 이상 1구역으로 돌아갑니다. 이제 3구역으로 가 보시겠습니까."

한 시간 후, 우리는 분수가 있는 광장의 어느 노천카페에 앉아 늦은 점심을 먹는다. 대기 중이던 새도21호와 새도77호가 한 치의 어긋남도 없는 적절한 타이밍으로 서빙을 한다. 노인이 이야기를 꺼낸 건, 디저트가 나온 직후다.

"제가 국경에 정착한 건 꽤 오래전의 일이지만, 원래 이곳 사람은 아닙니다."

엠과 나는 디저트를 입으로 가져가는 동시에 고개를 끄덕이며, 노인의 이야기를 경청한다.

"철이 들기도 전에 집을 나왔습니다. 간혹 고향으로 돌아가긴 했지만, 그리 오래 머무르진 않았습니다. 이번에야말로 정착을 하겠다고 마음을 먹어도, 몇 달을 넘기기가 힘들었습니다. 처음부터 그런 운명을 받아들였다면 좋았을 텐데, 어떻게든 정착을 하려고 노력했던 것이 나중에 문제가 되었습니다."

떠돌이 악사가 노인의 고향을 찾아온 것은, 노인이 열 번째 생일을 맞이하던 날이었다. 악사는 바이올린을 연주하며 동네를 한 바퀴 돌았는데, 그 소리가 어찌나 애절했던지 마을 사람의 반

이상이 눈물을 흘렸다. 그날 밤, 소년은 낮에 들었던 바이올린 소리를 잊지 못해 침대 안에서 뒤척이고 있었는데, 창밖에서 나지막한 휘파람 소리가 들려왔다. 소년이 창을 열자, 떠돌이 악사가 서 있었다. 정신을 차려보니, 소년은 악사를 따라 길을 걷고 있었다. 그날 이후부터 소년은 길 위에서 살았다. 길 위에서 밥을 먹고, 길 위에서 잠을 자고, 길 위에서 바이올린을 배웠다. 십 년이 흐른 후 악사는 세상을 떠났고, 소년은 그가 남긴 바이올린을 안고 길을 되짚어 집으로 돌아왔다.

"저는 떠돌이 악사한테 납치되었다가 돌아온 아이가 되었습니다. 내 발로 따라나섰다고 말하고 싶었지만, 어머니에게 상처를 주고 싶지 않아서 입을 다물었습니다. 아래로 동생이 둘 있었는데, 그 사이에 막내 동생이 병을 얻어 자리에 누워 있었습니다. 아버지는 제가 고향을 떠난 다음 날, 저를 찾으러 나섰다가 그대로 돌아오지 않았다고 들었습니다. 집안이 그 모양이니, 이런저런 죄책감이 들었습니다. 그래서 어머니의 뜻에 따라, 이웃의 한 여자와 정혼을 했습니다. 결혼을 하고 두 달쯤 지났을 때, 마침 아내가 친정에 간 날 밤이었는데, 창밖에서 언젠가 들었던 휘파람 소리가 들려왔습니다. 밖으로 나와보았지만 아무도 없었습니다. 정신을 차려보니, 저는 창고에 처박아두었던 낡은 바이올린을 들고 길 위에 있었습니다."

지칠 때까지 걷고, 마을을 만나면 바이올린을 켜고, 그의 음악에 감동을 받은 사람들이 나눠준 음식으로 생명을 유지하며, 그는 길 위에서 또 십 년을 보냈다. 그러던 어느 날 길 위에서 우연히 한 여행자를 만났는데, 알고 보니 고향 사람이었다.

　"내가 고향을 떠난 후 아내가 아이를 낳았다는 소식을, 그 사람한테 전해 들었습니다. 그래서 다시 집으로 돌아갔습니다."

　동생의 죽음, 낯선 아들과 서먹한 아내, 그리고 부쩍 연로해진 어머니가 그를 기다리고 있었다. 아버지는 여전히 실종 상태였다.

　"이번에야말로 자리를 잡고 살아보자고 결심을 했습니다. 하지만 한 달을 넘기지 못했습니다. 고향에는 빈자리가 너무 많았습니다. 그 자리들이 죄다 기다림으로 채워져 있었다는 것도, 그리고 그것이 나 때문이라는 것도, 그 당시에는 몰랐습니다. 어렴풋이 알았다고 해도, 인정하지 않았던 것입니다."

　바람도 불지 않는 날, 달빛이 환하고 별들이 낮은 목소리로 웅성거리는 밤, 옆에서 잠든 아내와 어린 아들을 두고 그는 다시 집을 나섰다. 이번에는 그를 부르는 휘파람 소리도 없었고, 낡은 바이올린도 꺼내 오지 않았다. 오로지 길만이 그를 기다리고 있었다. 그가 다시 고향을 찾은 것은 그로부터 삼십여 년이 지난 후였다. 작정을 한 건 아니었는데 어쩌다 보니 정처 없는 걸음이 고

—
국경의 웨이터

향에 닿았다. 처음에는 그곳이 고향인 줄도 몰랐다. 어쩐지 눈에 익은 풍경이라고 생각했지만, 언젠가 한 번쯤 지나쳤던 곳이라고 여겼다. 그러다가 자신이 태어나고 열 살 때까지 살았던, 부모와 동생들과 아내와 아들이 살고 있던 집을 발견했다.

"어머니는 돌아가시고, 바로 아래 동생도 고향을 떠난 후였습니다. 아내 역시 아이를 데리고 다른 도시로 이사를 했다고 들었습니다. 그 집은 텅 비어 있었습니다. 나한테는 가족이나 고향 같은 게 중요하지 않았습니다. 그런 건 나와 상관없는 거라고 믿고 살았습니다. 그런데 텅 빈 집을 본 순간, 내 안에서 뭔가가 빠져나갔습니다. 그게 뭔지는 모르겠습니다. 삶을 지탱하고 있던 어떤 것, 드러나지는 않지만 깊숙하게 박혀 있는 기둥 같은 것, 그런 것이 무너지는 느낌이었습니다. 누구도 나를 기다리지 않는 세상이란 그런 거였습니다."

텅 빈 집에서 하룻밤을 보낸 노인은 다음 날 다시 길을 떠났다. 이번에는 목적지가 있었다.

"언젠가 국경에 대한 이야기를 들은 적이 있습니다. 그때는 흘려들었는데, 문득 기억이 났습니다. 여기 도착했을 때, 나에게는 해야 할 일이 있고, 지금이 그때라는 생각이 평생 처음으로 들었습니다."

그래서 노인은 '누군가를 기다려주는 사람'이 되었다.

—
288

"나는 생의 대부분을, 누군가를 기다리게 하는 데 보냈습니다. 어머니를, 동생들을, 아내와 아이를, 기다리고 기다리고 또 기다리게 했습니다. 보상 없는 기다림을 견디는 사람들이 이 세상에 있습니다. 그 사실을 알게 되어버린 이상, 그 대가를 치를 수밖에 없습니다. 그때부터 나는 늘 누군가를 기다렸습니다. 소리없이, 끈기 있게, 오래오래. 집 앞에서, 길 위에서, 밤에도 낮에도, 눈이 오거나 비가 오는 날에도. 처음에는 다들 의아해했습니다. 하지만 시간이 지나면서, 국경에 가면 기다리는 사람이 있다는 소문이 퍼져 나갔습니다. 나 혼자 그 모든 기다림을 감당하기가 힘들어졌을 무렵, 나와 뜻을 같이하겠다는 지원자들이 하나둘씩 나를 찾아오기 시작했습니다. 그래서 국경 웨이터 협회라는 걸 만들게 되었습니다. 지금은 해마다 몇백 명의 지원자들이 몰려들지만, 3단계를 모두 마치고 웨이터가 되는 사람은 일 년에 열두 명 정도입니다. 그래서 늘 인력이 모자랍니다. 처음에는 국경으로 들어오는 모든 사람들이 이 서비스를 받을 수 있었지만, 지금은 두 분처럼 일정 기간을 보낸 여행자들에게만 제공하고 있습니다. 서비스라고 해도 대단한 건 아니고, 기다려주는 것뿐입니다. 간단한 서빙 일을 병행하고는 있지만, 기다리는 일이 제일 중요한 업무입니다."

노인이 말을 마쳤을 때, 벽 뒤에, 건물 뒤에, 나무 뒤에 어른거리던 그림자들이 경의를 표하듯 잠시 움직임을 멈춘다.

"그 사람들은 이 일에 만족하고 있나요?"

내 질문에, 노인은 처음으로 미소를 머금는다.

"여태 그만두겠다는 이는 없었습니다."

"그런데," 엠이 끼어든다. "3구역은 어떤 훈련을 위한 장소였습니까? 그저 텅 빈 공간이고, 사람도 그림자도 의자도, 아무것도 없지 않습니까."

"그 공간은 기다림 그 자체입니다."

노인이 말했다.

"기다리는 사람이고, 기다리는 삶이고, 기다리는 기다림이고, 저의 고향이고, 여행자들이 두고 온 곳입니다. 돌아갈 곳 없는 사람들이 돌아가는 곳이고, 기다림이 끝나는 곳입니다. 그곳에서 훈련생들은 기다림과 동일해집니다. 기다림 자체가 되는 겁니다. 이해가 가십니까?"

"아뇨." 나는 고개를 흔든다. "하지만 마음이 무척 편해졌어요. 텅 비어 있는 공간이었는데, 마치…"

예기치 않게 목이 메어, 나는 말을 다 하지 못한다. 노인은 주름진 손으로 가만히 나의 손을 잡는다. 섀도77호가 소리 없이 다가와 따뜻한 차 한 잔을 테이블 위에 올려놓는다. 먼 하늘에서 몇 개의 눈발이 팔랑거리며 날아다니다가, 지붕이며 나무며 땅 위에 내려앉기 시작한다. 기다림의 결정들이다. 누군가가 나를 기다려주고 있다는 기분이 참 오랜만이어서, 자꾸만 눈 안쪽이 뜨거워진다.